自分だけを信じて生きる

スピリチュアリズムの元祖エマーソンに学ぶ

副島隆彦

幻冬舎

自分だけを信じて生きる

スピリチュアリズムの元祖エマーソンに学ぶ

序

私は霊魂《れいこん》に導かれ、女神さまと出会った

私は最近、霊魂に導かれて、新しい世界に連れて行かれた。

私が言う霊魂を、スピリチュアルという言葉で表してもいい。私は、私の、霊魂によって、霊魂から誘《いざな》われて、助言《じょげん》を受けて導かれるようにして霊魂に出会った。

それはギリシャ彫刻の女神《ゴデス》の姿をしていた。自分の残りの人生を、この女神さまたちの霊魂と共に生きていくと私は決めた。私が言う、この霊《れい》と魂《たましい》は、自分が70歳になる少し前に現れた。

私をその場所に導いてくれたのは、まさしくギリシャ彫刻の女神さまたちだ。

このギリシャ彫刻の女神さまは、17ページに載せるとおり、ギリシャ神話に出てくる三美神《さんびしん》である。三美神は、Three Muses《スリー ミューゼス》あるいはThe Three Graces《ザ・スリー・グレイシス》と呼ばれる。この三美神像《ぞう》はギリシャ彫刻で表されている。この女神さまの霊が、彼女たちのいる所へ私をある場所にふわーっと誘《いざな》った。女神像《ぞう》たちは、「私たちをここから救い出しなさい」と私に言った。私への命令、指図が与えられた。

そんな話はウソだ、とか、あなたの作り話だ、これは小説ですか、と言われても私は構《かま》わない。そんな霊魂なんか、今世にある（いる）わけがない、と言う人は、それはそれで構いません。

しかし、みなさん、いいですか。これからは、私たちは皆、それぞれ自分の霊魂《スピリチュアル》と出会い、自分の霊魂と話しながら生きて行くべきなのです。これは私一人だけの勝手な思いつきではない。

私は、2023年1月22日に、霊魂に導かれて、ある場所に行き着いた。私はすーっとその場所に連れて行かれた。その場所は、私が住んでいる静岡県の熱海《あたみ》

ギリシャ彫刻の女神さまたちの声に導かれ、私がたどり着いた場所。この時、自分は自分の霊魂《スピリット》と交信したのだ、と強く感じた。

2023年1月22日

市というところの、国道沿いの山の斜面の、かつては立派な別荘が広大な庭園と共に並んでいたところだ。今は廃墟《はいきょ》になっている。かつての庭園は一面に生《お》い茂《しげ》るススキの草原になっている。荒れ果てた雑草、茨《いばら》の木が生い茂る、山裾《やますそ》の崩れかけた大きな廃墟の洋館たちになっている。その亡霊《ぼうれい》洋館は三つある。その亡霊洋館（お化《ば》け屋敷と呼んでもいい）に女神たちに導かれて、私は入っていった。だれかに教えてもらったとか、だれかが私を案内してくれたわけではない。女神さま自身が私をそこに連れていったのだ。これは事実だ。

そこにはギリシャ彫刻の等身大のきれいな女神さまたちが約50体、いや100体ある（5ページの写真のとおり）。本物の大理石《マーブル》でできている。きれいな真っ白の女神さまたちだ。私はこの日、この女神さまたちを救い出さなければいけない特別な任務を天《てん》から貰《もら》った。これは私にとっての残りの人生を生きる目的、目標、動機となった。

霊魂《れいこん》（spiritual　スピリチュアル）とは何か。霊魂というのを、どのように考えるか。このことから、この本は始まる。この霊魂そのものであるギリシャの女神さまたちのことについて、私の知識は、あとのほうで書く。

5ページの写真にあるとおりの女神さまたちは、その壮大な建物の中と庭に並んでひっそりと置かれている。日本語ではお化け屋敷という言葉がやっぱり分かりやすい。今にも亡霊《ぼうれい》、怨霊《おんりょう》が本当に出そうな亡霊洋館に、私は本当に引きずり込まれて行った。恐ろしい場所だ。昼間でも中は薄暗い、あちこちに破壊の跡が生々しい、広々とした邸宅のお屋敷だ。もしそこで一夜を明かせば、必ず亡霊《ぼうれい》と怨霊《おんりょう》が出てきて、私に喰らい付き、私に確実に憑《と》り付く（憑依する）でしょう。分かっています。だから、その洋館の中で寝ることは簡単にはできない。本当に恐ろしい場所だ。魔界への入り口と呼んでもいい。

私は、いま亡霊と怨霊という言葉を使ったけれども、もうちょっと悪い言葉で、悪霊《あくりょう》もあります。死霊《しれい》というのもある。死んだ人間の深い恨《うら》みがこもった霊だ。

怨霊《おんりょう》もほとんど一緒でしょう。古い日本語では祟《たた》り神《がみ》とも言う。私はこれらを日常生活では怖がらない。最近の私にとって、霊あるいは魂は、大変、素晴らしいもので、私を守ってくれると考えている。私は霊魂に導かれてその場所に行ったとき、自分の運命というものを最終的に自覚した。

私の残りの人生。私の命はあと10年ぐらいで竭《つ》きるだろう。それでいい。私は大きく物事《ものごと》が分かった。

「私たち人間（人類）は、自分自身の霊魂とだけ話をして、自分の霊とだけ毎日、向き合って生きていればいい」ということだ。この本のあとの方で、「霊魂とは何か」の説明を詳しくする。

自分だけを信じて生きる
スピリチュアリズムの元祖エマーソンに学ぶ

目次

序　私は霊魂に導かれ、女神さまと出会った　003

Ⅰ　霊界への扉が開かれた

神との仲介業「司教」はもう要らない　016
ブッダとイエスは偉いが「教団」は要らない　023
人騙しや金儲けの宗教は要らない　029
スピリチュアルと宗教は異なる　034
霊魂をバカにしたエリート層の自滅　037

Ⅱ　自分だけを信じて生きよ

エマーソン著『自己信頼』はなぜ重要か 044
大人気のエマーソンの講演 050
日本で先に出版された『セルフ・ヘルプ』との違い 056
『西國立志編』をむさぼり読んだ明治の日本人 059
「自己を信頼して生きよ」とはどういうことか 063

III スピリチュアルに神はいない

スピリチュアリズムの本髄と仏陀の名言 084
「犀の角のようにただ独り歩め」のすごさ 088
スピリチュアルが世界に広まるのは当然だ 091
スピリチュアリズムとは何か 099

Ⅳ あらゆる現代思想の源流となったエマーソン

１８４０年代、社会主義の勃興　104
エマーソンから始まった現代思想運動の数々　108
スピリチュアリズムの生みの親　110
デカルトの二元論と霊魂（思考）の大切な話　117
カントの「超越主義（トランセンデンタリズム）」と全く同じ　128
農地解放思想　搾取は人を幸せにしない　131
菜食主義とヒッピー運動　強欲は世界を破滅させる　134
性の解放　セックスは罪ではない　140
社会福祉運動と社会主義思想　貧困はよくない　142
ユニテリアンの特殊さ　146

ユニテリアンと理神論　148
ユニテリアンとフリーメイソン　151
おわりに　154

I

霊界への扉が開かれた

神との仲介業「司教」はもう要らない

私の友人に佐藤優《まさる》氏がいる。有名な人で、外務省の主任分析官という役目で、かつてはモスクワの日本国大使館にもいて、ロシアと日本の外交関係を専門にしている人だ。彼は、英語で言えばインテリジェンス・オフィサー（国家情報部高官）である。

佐藤氏と私は、これまでに8冊、一緒に対談本を出してきた。佐藤さんは現在は神学者《しんがくしゃ》を名乗っている。同志社大学の神学科の大学院を出て、今は同志社大学で神学を教えている。神学はセオロジー theo-logy と言う。神（the《テ》, theo《テオ》）の存在を証明する学問だ。神《テ(テオ)》の存在証明なんて、そんなことできるのだろうか、と私は素朴に思う。今は、これ以上は言わない。

佐藤優（1960〜）

佐藤優《まさる》さんは、彼の本を読んでいる人は知っているとおり、キリスト教徒だ。

ギリシャ神話の３人の女神。三美神《さんびしん》（The《ザ・》 Three Graces《スリー・グレイシス》）。彫刻や絵画のモチーフになっている。古い広場の噴水でよく見る。

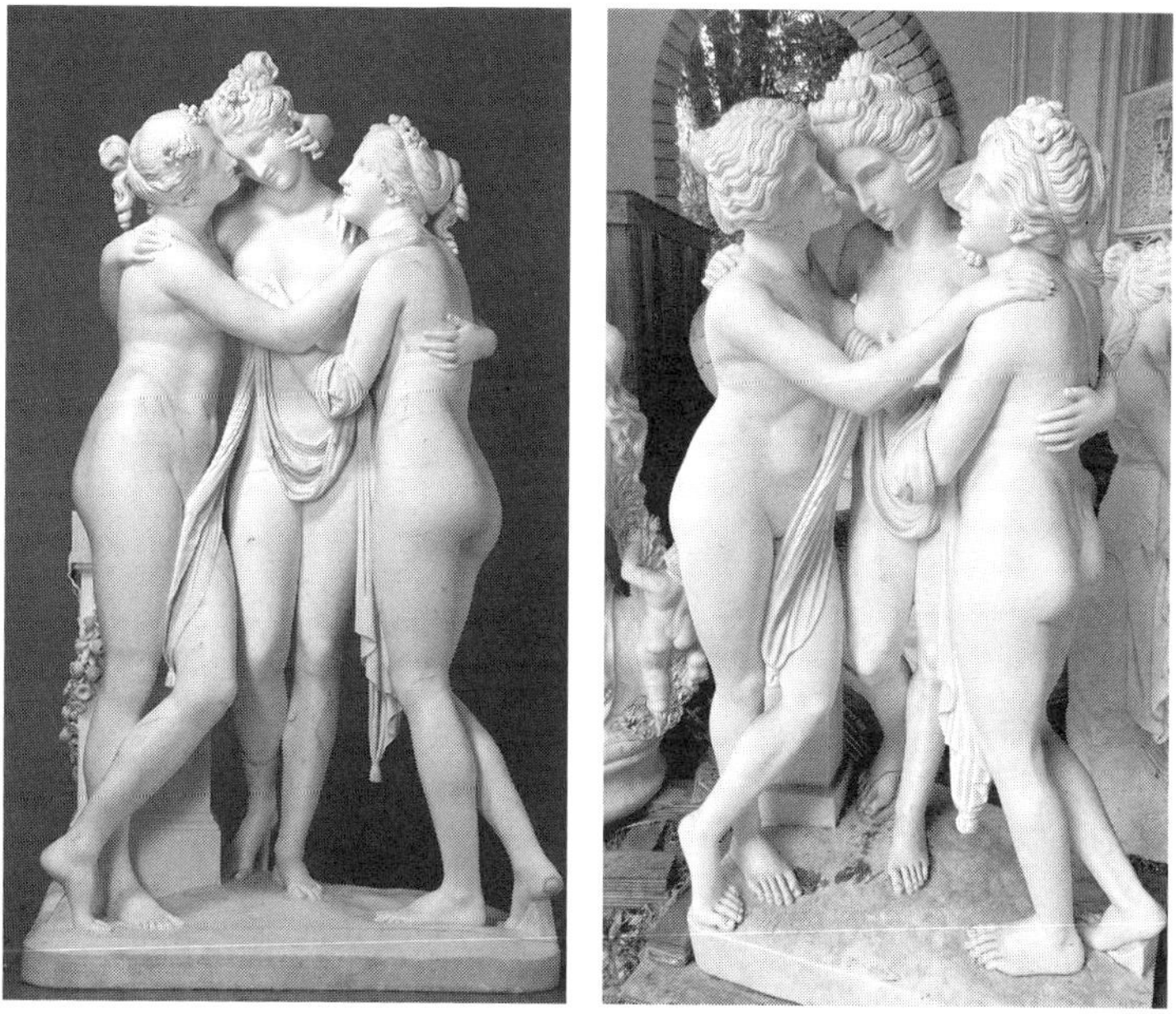

私が導かれて出会った三美神（右）のほうは、アジア人に近い体型をしている。左は、大理石の彫刻家として、ヨーロッパで有名になったイタリア人の、アントニオ・カノーヴァ（1757～1822）による三美神（エルミタージュ美術館所蔵）。

出典：https://en.wikipedia.org/wiki/The_Three_Graces

その中でもプロテスタントで、さらにその中のカルヴァン派だ。イギリスでは長老派《プレズビテリアン》と言う。このことはあとでまた説明する。プロテスタント（新《しん》教徒）の中でも、世界で最先端の考えの人たちの集団（宗派、セクト）だ。

このカルヴァン派とユニテリアンという宗派《セクト》は、キリスト教の中で一番、進歩的で、改革《リフォーム》が進んでいるので、お坊さま（牧師《パスター》）がどんどんいなくなっている。牧師（パスター）という名の聖《せい》職者（クラージーマン）の代わりに、「世話役《せわやく》」と言われる人たちがいる。彼らの集会所は教会らしさはまだ残っている。しかし祭壇《さいだん》とか十字架ももうない。ただの白い部屋だそうだ。聖書は読む。しかし、途中から「さあ、それでは皆さん、それぞれ自分の霊（聖霊《せいれい》）とお話ししましょう」となる。

だから、カルヴァン派やユニテリアンにとって、一番大事なのは、聖なるスピリット（holy spirit）、即ち聖霊《せいれい》なる「ホウリー・スピリット」との対話だけになる。キリスト教の教会《チャーチ》の儀式《リチュアル》のようなものは、もうほとんど廃止してしまった。堅信礼《けんしんれい》という儀式だけが残っているようだ。この堅信礼（コンファメイション）は、「自分はキリスト教徒であり、イエスの言葉を信じます」という信念の表明をすることだ。これが、いまのヨーロッパのプロテスタントたちの本当の姿だ。

カルヴァン派の創始者のジャン・カルヴァン（1509〜1564）という人はフランス人だ。このカルヴァンよりも26歳年上の、先輩のマルティン・ルター（1483〜1546）というドイツ人の牧師（神学者）が、ローマ・カトリック教会から分裂して、宗教改革を始めた。西暦1517年のことだ。

カルヴァン派は、イギリスでは「長老派《ちょうろう》」と言う。ジャン・カルヴァンの教えが、ドイツからイギリスの地方に広がった時の呼び名だ。指導者をプレズビター（presbyter 長老）という。この長老派（カルヴァン派）は、キリスト教のプロテスタントの中の一派だ。プロテスタントの中でも、一応、イギリス国教会《こっきょうかい》（アングリカン・チャーチ）に逆《さか》らわないでなるべく「内部から改革しましょう」という、穏健な人たちだ。商人や職人頭《しょくにんがしら》たち上層市民に支持され信者が増えた。

カルヴァン派（長老派）の指導者である長老（プレズビター）はカトリックの高僧である司教《しきょう》（bishop　ビショップ）に当たる職だ。

今のヨーロッパのプロテスタントは、カルヴァン派を入れて七つぐらい主要な派がある。旧教《きゅうきょう》のローマのカトリック教会のサン・ピエトロ大聖堂のようなあんな立派な教会は持っていない。今のプロテスタントはスイスやフランスやドイツでも、教会の建物は十字架さえ置かなくなった。歴史的建造物以外はだんだん消えている。今の教会はただの白い建物だ。

カルヴァン派にも、牧師《パスター》（お坊さま）に当たる人はいる。しかしカトリックの

カントリーチャーチ　　出典：getty images

神父とは違う。神父はファーザーだ。偉くなると、司祭《しさい》（プリースト）で、さらに偉くなると、前述した司教《しきょう》（ビショップ）がいる。さらに、大《だい》司教となると、これはもう、枢機卿《すうききょう》（カーディナル）と、ほぼ同等でローマ法王《ポープ》になる資格を持つ人々だ。私は、この人たちはちっとも偉くない、と思っている。もう、この人たちには、消えてなくなって欲しい、と思っている。

カルヴァン派では、牧師（パスター　pastor）だけがいる。クラージーマン（clergyman　聖職者）なのだが、元々は羊たちを導くシェパード（shepherd、即ち、大きくまとめて言えば、羊飼い）と呼ばれていた。人々を導くからだ。他にもいろいろ難しい専門用語があるが、私には分からない。

そして今やこの牧師（パスター）でさえ、もうあまり要《い》らない、という世の中に、なっている。ヨーロッパのキリスト教もどんどん変わってきているのだ。みんなで寄付（ドーネイション）を出し合って、パスターとそのご家族にごはんを食べさせる、という古い考え方はもう要らない、という段階にまで来ている。

日本の仏教も同じでしょう。この20年、30年で、日本でも、「お葬式は要らない」「お坊さまに家に来てもらわなくていい」「お墓も要らない」「戒名《かいみょう》も要らない」となってきている。寺止《ど》め、墓払《ばら》いと言う。

だいたい30万円ぐらいを持ってお寺に行って、「もう今後はお寺との付きあいはしません。私の代でおわりにして下さい」と言う。田舎にいる長男の家が、お寺さんと付きあってくれればいい。自分はもう都会に出てお寺と縁がないから、と言って、寺止め、墓払いをする。お墓も取り除いて下さい。こういうことが現《げん》に全国で起きている。

まだ田舎（地方）では簡単にそういうわけにはゆかない。しかし、都会の人たちは、お墓も要らない。小さなお骨《こつ》の箱にして、家の小さな仏壇に置いている人が増えてきた。つまり、世界中で、教会もお坊さまもお墓も要りません、という段階に突入した。

ブッダとイエスは偉いが「教団」は要らない

私は今から11年前に、『隠された歴史　そもそも仏教とは何ものか？』（PHP研究所、2012年刊）という本を書いた。このとき、仏教の本当のことを全部、暴き立てた。私なりに調べて分かった知識をはっきりと書いた。ゴータマ・シッダールタ、ブッダ、お釈迦《しゃか》さま（紀元前563～前483）は本当に偉い人だ。今の私もそう思う。キリスト教のイエス（紀元前6～紀元後30年。36歳で死）という人も偉い人だ。その言行録《げんこうろく》（聖書）はすばらしい。

しかし、その周りに集まった人たちはもう、いけません。その後千年、二千年の間《あいだ》に、大きな組織を作って、宗教団体となり、大きな伽藍《がらん》（大寺院）を作って、たくさんの僧侶《そうりょ》（坊主）たちがそこでごはんを食べて、でっぷり太っている。こんなお坊さまたちはもう要りません。彼らの言うことを聞いても意味がありません。どんなに古くて立派な名刹《めいさつ》（有名なお寺）である、といっても、そのお坊さまたちのお話を聞く必要は、もうない。彼らは私たちの生きる苦悩を理解し、生き方に示唆《しさ》を与えることはできない。彼らはもう何も語れない。

過去の遺産である大きな神殿（神社）、寺社・仏閣は観光名所になっている。そこに拝みに来て、あるいは名所として見物に来る人たちからのお賽銭《さいせん》とかで今の僧侶（聖職者）たちは、ごはんを食べている。もう要らない。日本の神道《しんとう》も要らない。仏教も要らない。イスラム教もキリスト教もユダヤ教も要りません。このことは、今の世の中でも言ってはいけないことになっているでしょうが、私は言います。

私には言論の自由（憲法第21条）がある。どう考えても、真実だ、本当だ、と自分が思うことを主張しないわけにはいきません。そんな主張は余計なことで、意味のないことだ、と宗教界や信仰を持っている人たちからは言われるだろう。しかし、私は言います。私のこの主張（意見、言論）は今の日本（人）にとって重要だからだ。

霊魂に導かれて出会った女神像のひとつ。
私はなぜここへ誘(いざな)われたのか。私は、
自分の霊魂と静かに対話することを知った。

お坊さま（僧侶《そうりょ》）という存在自体が、今の世界にはもう要らない。

なぜなら、もはや人々からの寄付《きふ》でごはんを食べる生き方は、現代では通用しない。お坊さま（僧侶）への寄付《ドーネイション》を、法要《ほうよう》とか喜捨《きしゃ》とか、ご供養《くよう》とも言う。喜捨とは「喜んで捨てる」と書く。お布施《ふせ》とも言う。そんなものでごはんを食べる人たちはもう要らない、と私ははっきり書く。

お坊さまが大変重要な役割を果たした時代があった。昔は、お坊さまが偉かった。少なくとも平安時代、鎌倉時代、室町時代までは、お坊さまが道を歩くだけで、みんなが道路脇に座って手を合わせてお坊さまを拝んだ。ところが江戸時代になると、お坊さまはそこまで偉くなくなった。

女犯《にょぼん》というお坊さまの罪があった。「女を犯す」と書く。坊主が戒律《かいりつ》を破って女性と寝てしまうことだ。お坊さまも男だから性欲を我慢できないから、女と寝てしまう。江戸時代の寺社奉行《じしゃぶぎょう》に一斉取り締まりされて捕まって、河原に相手の女と晒《さら》されることが度々《たびたび》あった。3日間ぐらい、男女でグルグル巻きにされて放

亡霊洋館の中で。だれかに教えてもらったわけでも、案内されたわけでもない。私を守ってくれる女神様たちがここにいた。ここに導かれたとき、私は自分の運命というものを自覚した。

置されるお仕置《しおき》（刑罰）を受けた。それを見ていた町衆たちから「クソ坊主め」とかワーワー言われて、そのあと、このお坊さまはその女の人と消えていなくなる。どこか田舎でひっそりと生きたのではないか。ただしこれ以上の辱《はずかし》めは受けなかった。これで十分だ。

もうお坊さまたちの話を聞く必要がないことは、新興宗教も同じだ。小さな団体で100人ぐらいが集まって、一所《いっしょ》懸命、自分たちが信じている神様や霊《れい》を拝んでいる人たちは、それはそれでいいと私は思う。これが1万人とか10万人、100万人になって大きな団体となると、これは問題だ。そこに厳格な組織のルールとかが生まれるようになる。そうなると、これは悪《あく》である。現世《げんせ》の他の悪《あく》たちと全く同じになってしまう。それは否定されるべきだ。

私たちは、もう宗教団体にすがり付いて生きることをしてはいけない。それよりは、私たちは自分自身の霊魂《スピリチュアル》との真剣な対話、だけで生きてゆくべきだ。

即ち、自分だけを信じて生きるべきです。

人騙《だま》しや金儲けの宗教は要らない

ここで私がもっと本当のことを率直に書くと、日本の文部科学省の中に、カトリックのローマ教会から派遣された司教《ビショップ》がいる。日本語がよく出来る人だ。彼は日本国民をカトリック教会の言うことに従うよう洗脳し、管理するために派遣されてきている。ヨーロッパ白人文明《シビライゼイション》を普遍《ふへん》的なもの、かつ至上《しじょう》のものとして、キリスト教を最上の世界宗教だと教え込むために、日本人を教育している。こう書くと問題になりますが、私は本気だ。

だからそれに対する私たちの対抗策は、自分と自分の霊魂との対話だけを、大事にして生きていきましょうということになる。自分だけを信じて生きなさい。他のヘンな教えを信じる必要はない。そうやって、ただでさえ厳《きび》しいこの世の中を生きてゆかなければならない。

私たちは病気になったら医者にかかりに行く。自分は医者を信じない。だから医者にかからない、という人も少数だが、いる。それはその人の自由だ。賢明《けんめい》な生き方と私は思う。福祉を受ける必要があれば、市役所の福祉課に行く。身の危険を感じるときは、警察に頼るべきだ。福祉行政や警察は、社会インフラストラクチュア（インフラ）なのだから、頼ればいい。余計な心配を自分ひとりだけでする必要はない。

けれども、宗教団体に行くのはやめよう。これだけははっきり言う。宗教団体の人たちから見たら、私のこの発言は、「バカ野郎め」とか、「あ、バレたか」ということだと思う。宗教団体は人騙しでお金ばかり集める。大組織になればなる程《ほど》ろくなものではない。個別に団体名をズラズラと挙《あ》げても意味がないので、ここでは書きません。それと同じく、古くて立派な、奈良時代からある仏教だから、と言って、そこに帰依《きえ》して信者になる必要もない。

みんな、どこかの団体、会社に所属して、働いて給料を貰《もら》って生きている。自営業者であっても、それぞれの職種《しょくしゅ》がある。私は、文筆業《ぶんぴつぎょう》という職種に属する。

会社（企業）というのは、人々が給料を貰ってごはんを食べる共同体だ。だから、無茶、無理なことはしない。ただし、あまりにも社内で仕事ができないとか、その会社の役に立たない、となると、結局、辞めさせられる。これは自然の法則だ。英語で、natural law「ナチュラル・ラー」と言う。これは仕方《しかた》がありません。

会社員（サラリード・マン、企業の従業員）にならないで、自分自身のための生き方として、いいチャンスのある職種に移っていく人もいる。私の本の読者に多いのだが、マッサージ師などの自営業者で、自分の力で、専門職として生きている人たちがいる。能力に応じて稼ぐ人は稼ぐ。だから私たちは変な組織、団体に入る必要はありません。組織、団体にすがりついて、そこから恩恵とか、経済利益とか、情報とかを貰《もら》っている人たちは、弱い人たちだ。

確かに、人間は弱い生き物だ。それは当たり前のことだ。このことに優劣はない。人間は、みんな、ひとりひとりは、弱い生き物だ。こういう性質の生物だ。

ところが、カトリック・ローマ教会は、初めにこの、「人間は弱い生き物だ」と決めつけておいて、そうやって人々に劣等感《れっとうかん》を植え付けて、その上に神を置いた。神さまにすがりなさい、助けてもらいなさい、と教える。そして、その時、神と民衆《みんしゅう》を仲介《ちゅうかい》する（間《あいだ》を取り持つ）ことが自分たち神父（僧侶）の役割だ、とする。仲介者である彼らは、民衆を助けることができない。それなのに、自分たちにすがらせようとする。最低の思想だ。

ですから、「貧しき者は幸いなり」「貧しき者ほど救われる」「神は貧しき者たちを愛します」というカトリック教会の思想は嘘《うそ》だ。貧しき者は、実情としてあまり救われません。現実の世界でサルベーション（salvation 救済《きゅうさい》）は実際、そんなにありません。政府（行政）が行う、福祉《ウェルフェア》と医療が関の山です。このことも通常は言ってはいけないことになっている。しかし私は言う。本当のことだから。

お金持ちと力のある人間たちだけが、いい暮らしをしている。これも事実《ファクト》です。

人間、みな平等、みたいなことを言いますが、実際には世の中は平等ではありません。「機会」と「運命」は人それぞれに違います。人間が平等《イクオリティ》なのは、憲法が定めて、個々の法律の取扱いにおいて平等だ、ということだ。

それ以外では、人間は、生まれたときから平等ではない。実際には、人間社会はずっと不平等だった。これからも、おそらく不平等のままだ。ただし、改善して、目に見えてかわいそうな人たちというのは、かなり減った。病気になって苦しむのは仕方がない。

もちろん、金持ちなら必ず幸せかというと、そんなこともありません。人は、皆、人それぞれの苦しみを背負っている。そういう意味で平等といえば平等です。貧しくてもコツコツと堅実に楽しい人生を送っている人もたくさんいます。そしてみな平等に死んでいきます。死は平等に全ての人間に訪れる。死によって平等になる、とも言える。死ぬときは、苦しんで病院で死んでいく場合もあるし、そうでない場合もある。あまり苦しまないでコロリと死ぬ人もいる。

このことが分かっている人たちは、変なものに取り憑かれない。宗教団体には行きません。

スピリチュアルと宗教は異なる

ここまで、何故、私が、こんなにしつこく宗教の方に行くな、と書いたかと言うと、それは、宗教とスピリチュアリズムは、全く、違う物だからだ。

このことに気づいていない人が、実は多い。スピリチュアルの世界と宗教（religion　レリジョン）の世界の区別がついていない。自分のことをスピリチュアルの世界の人間だ、と思っている人たちほど、宗教との違いがついていない。スピリチュアリズムと宗教を意図的にごちゃ混ぜにして、全く宗教団体と同じように活動して、自分自身に帰依《きえ》させて、結果的に人ダマしをしているスピリチュアリストがたくさんいる。本当に、この人たちには警戒しないといけない。スピリチュアルの世界もたくさんのダマしスピリチュアルが横行している。

お坊さまも、神社の神主（神官）も、実は、本当のことを言うと、歴史上は実際には、「呪い《まじな》」と「占い」をやって暮らしていた。それが彼らの本当の収入です。そうしないと、だれも進んでお金を払ってくれません。今もそうです。お正月に、神社に行ってたった100円だけお賽銭を払う人に、神社は何もしてくれません。しかし、1万円を払う人たちは、特別待遇で、ちょっと本殿の横から入って、お祓《はら》いを受けることができる。そういう特別な門徒《もんと》や氏子《うじこ》たちがいる。

普通の人々とは違ういわゆる信徒や門徒になったら、月1万円、年間12万円ぐらい払っているはずです。

私は、もうこういう宗教団体も要らないと思う。そういう宗教団体に縋《すが》って生きる、という生き方を私たちはやめるべきだと思う。大事なことは、人類は、もう宗教団体には頼らないで生きるべきだ。

私がこういうことを書くと、「余計なお世話だ」を通り越して、本当に怒って、

「営業（活動）妨害だ」と編集部に抗議のメールを送る人たちがいるかもしれない。私は争いごとを好んで作っているのではない。私は私の考え（意見）を率直に言うだけです。

それでもやっぱり私は書く。私たちは、これからは、自分と霊魂が話をして、自分の霊とだけ向き合って生きていけばいい。私はこのことを何十度でも言う。私自身が、自分の霊魂に従って、最近たどり着いたのは、まえがきに書いたとおり、ギリシャ彫刻の女神さまたちだった。彼女たちに引き寄せられて、彼女たちの前に私は連れてゆかれた。そして、女神さまたちは、私に、「私たちを早くここから助け出しなさい」という要望をした。私は女神たちからの要望と命令に従わなければいけない。その為《ため》に自分のできる限りのことをしようと決意した。他の人たちから見ればバカみたいと思われるだろうが、私にとっては、このことが自分にとっての、今の生きる目標になっている。

こうして、私が人生の最後にたどり着いたのが、自分の霊魂と向き合うことだった。あれこれの教義やお経（聖典）のある宗教を信じるのではなくて、ひたすら自分の内なる霊魂の声を信じて生きていけばいい。

霊魂をバカにしたエリート層の自滅

私が霊魂《スピリチュアル》と書くと、とたんにバカにする人たちがいる。そんなヘンなものはない、いないのだ、と。自分は科学的で、良識があり、頭がいい、と思っている人たちは、私に向かって、「この人はどうも頭がおかしい」と判断を下すだろう。私は周《まわ》りの人たちから神がかった人間だ、と言われるのは嫌《いや》だけれども、そのように周りから判定されるのなら、それを受け入れるしかない。それはそれで仕方《しかた》のないことだ。人間の考え（判断）は、それぞれ自由ですから。

ここで私は、急に妙なことを書く。きっと、今から書くことは、私が死んだ後《あと》、評価されて、「やっぱり、副島は頭がズバ抜けて良かった」と言われるだろう。

それは、**「霊魂《れいこん》」とは、実は、人間の「思考」とか、「知能」のことである。**霊魂とは、「人間が考える」という意味だ。人類の大《だい》思想家たちがたどり着いた、この物質《マテリアール》と霊魂《レスプリ》の二元論《にげんろん》については、あとの第4章でじっくりと詳しく説明します。

あともう一つ、普通は言ってはいけないことを言います。いまスピリチュアルにはまっている人たちの中心は、小学校、中学校で、お勉強ができなかった女の人たちです。彼女たちは中学生のときに、教室の隅っこで、星占いとか運勢占いとか恋愛占いとかをしていた。実は、この彼女たちの生き方が、いま、いちばん素晴らしい生き方だ。私はこのようにはっきりと書く。

彼女たちは学校の先生が本当は大嫌いだ。男（おとこ）社会が作って、自分たち女に押し付けてくる階層《かいそう》秩序（ヒエラルキー）の世界がイヤで仕方がない。だからその外側に出ている女たちです。男たちから見たら、彼女たちスピリチュアルの世界に入ってゆく女たちは、訳《わけ》が分かりません。彼女たちは、本当に訳が分からない世界を信じている。「訳が分からない」という言葉は、変な言葉だけれども、重要です。彼女たちは、つまり「霊魂の世界《スピリチュアル》」を信じている。

今の私と一緒だ。私が70歳になって、ようやく今ごろになって、そこに行こうと思っている世界だ。彼女たちは、それを13歳のときに分かっていた。そうしたら、私は、彼女たちから、「こっちに来ないで」と、言われている。「あなたはスピリチュアルの世界の人間ではないから、寄って来ないで」と私は言われる。現《げん》に何度も言われた。

もっとはっきりと書きます。スピリチュアルの世界とは、かつてテレビ番組であった「オーラの泉」(2005~2009年、テレビ朝日)に出ていた江原啓之と美輪明宏が語り合っていた世界だ。あの番組に夢中になって嵌《は》まっていた女性たち、一千万人ぐらいがスピリチュアルの人たちだ。

学校のお勉強がちっともできなかった女の子たちが、教室の隅で必死で星占いや運勢占い、恋愛占いをやって自分の霊魂と対話しようとしていたことを、私は目撃して知っている。私は中学校ではないが、教師をやっていたからだ。そして今、それが人間（人類）の素晴らしい生き方だとようやく分かった。

なぜなら、中学校、高校でお勉強ができて東大に行きました、官僚になりました、立派なエリート・サラリーマンになりました、みたいな人間たちが、ちっとも仕合《しあわ》せでないからだ。結局、彼らはろくなものではない人生を送っている。エリート人間のほとんどは死にかかっている。

エリートの一部であったはずの出版業界の編集者たちも、まだ自覚なく威張っているが、わびしい年金暮らししかない。私はよく知っている。テレビ、新聞の連中もヒドいものだ。今の世界はここまで来た。そんな人間が多くを占める日本社会は傾くにきまっています。

お金持ちの企業経営者の一族とか、たくさん土地を持っていたり、アパートを持っているような人たちは、その家族まで潤《うるお》います。親からの相続で、アパート3軒とか大きな家をもらえる人たちがいる。それを国（政府）が相続税で取り上げてはいけません。世の中は元々、不平等なのであって貧困層をどうやって助けるかという話は、この本では私はしない。そういう話ではないのです。

自分の霊魂と対話する生き方、以上の正しい生き方はない。自分で自分を助ける。これだけだ。これはプロテスタントの思想です。

本書の第2章で説明しますが、"God helps those who help themselves."「神は自らを助けるものを助く」という一文は、私たちが習った中学2年生の教科書に今も載っていると思う。これはプロテスタントのカルヴァン派の思想です。もう教会は要らない、お坊さまも要らない、宗教指導者も要らない。自分の霊魂だけを信じて生きていく、このことが一番大切だ。

私にとっては今回、ギリシャ彫刻の女神さまとの出会いだった。自分の霊魂と対話することで、彼女らに私は導かれた。自分の霊魂との対話だけが大事なんだ、ということを言いたいがために、私はこの本を書いています。それ以外の余計な話はしません。

Ⅱ

自分だけを信じて生きよ

エマーソン著『自己信頼《じこしんらい》』はなぜ重要か

ここまで書いてきたとおり、スピリチュアルには、神さまはいない。スピリチュアルは宗教ではない。重要なことは、「今の自分を大切にして、自分を信じて生きる」ということだ。まさしくこの「自分を大切にする」ということを、アメリカの思想家のラルフ・ウォルドー・エマーソン（Emerson, Ralph Waldo　1803〜1882）が言ったのだ。エマーソンという人は、教会の牧師《ぼくし》（聖《せい》職者、クラージーマン）をやった。26歳でハーヴァード大学神学部を卒業して、教会の牧師を務めたが、4年でイヤになって辞めた（32歳）。そして、たったひとりで思索に耽《ふけ》り、文章を書き始め、機会を見つけて人々に俗人《ぞくじん》（layman　レイマン）として話をし始めました。

ラルフ・ウォルドー・エマーソンは、1841年、38歳のときに『自己信頼《じこしんらい》』"Self-Reliance"「セルフ・リライアンス」という本を出版した。エマーソンの

エマーソンは、プロテスタント教会の儀式と戒律《かいりつ》をすべて捨てた。そして「自分を信じて生きなさい」と人々に説いた。これがスピリチュアリズムの始まりである。

ラルフ・ウォルドー・エマーソン
(Emerson, Ralph Waldo 1803～1882)

アメリカの思想家、詩人。牧師の子。ボストンに生まれる。ハーヴァード大学を卒業(1821年)。神学部に進んでユニテリアン派の牧師となった(1826年)。しかし聖餐《せいさん》の儀式に疑いをもち、自分の良心に基づいて辞職した(1832年)。

翌年、ヨーロッパに旅行してイギリスの文人(知識人)たちと会い、特にカーライルと親交を結んだ。帰米後、ボストンの隣りのロードアイランド州のコンコードに居を定めた(1834年)。2回の外遊のほかは死に至るまでコンコードに居住。文筆、講演で自分の思想を宣伝した。

ローマ教会とイギリス国教会(アングリカン・チャーチ)を否定することは当然である、と考えた。さらに進んで北アメリカの、当時のプロテスタント教会の諸派の独断と頑迷《がんめい》を斥《しりぞ》けた。そして自由明朗な個性の伸張を唱えた。皮相な物質主義、合理《ごうり》主義を排して直観《ちょっかん》を重んじる超越(ちょうえつ)主義(transcendentalism、トランセンデンタリズム)の中心人物となり、〝コンコードの賢人(ワイズマン)〟と仰がれた。

「人間本性論」Nature, 1836 に次《つ》いでハーヴァード大学の Phi Beta《ファイ ベータ》 Kappa Society《カッパ・ソサエティ》 での講演「アメリカの学者」The American Scholar, 1837 は、アメリカの知性の独立宣言と称された。

Address before the Divinity School, Cambridge, 1838「神学校での演説」は、因習に囚われない宗教的態度を披瀝して物議を醸《かも》した。彼の思想は、文章体系や脈絡を軽視し、直観の閃(ひらめ)くままを綴った。寸鉄《すんてつ》的警句のつらなりである。

出典：岩波書店『西洋人名辞典』
写真：https://en.wikipedia.org/wiki/Ralph_Waldo_Emerson

「自己信頼（自分を信じて生きなさい）」こそは、スピリチュアリズム思想の出発点であり、金字塔である。

世界中のスピリチュアリズムはこの本から始まったのである。このことが、不思議なことに日本では全く知られていない。この本は今も世界中で読まれている。

この本よりも、18年後の1859年に、イギリスで出版された本が、スマイルズの『セルフ・ヘルプ』"Self-Help"である。この、「セルフ・ヘルプ」即ち、「自分で自分を助ける」の意味の「自助《じじょ》」という考えは、その後、日本では、1980年代ぐらいから「自己啓発《けいはつ》」と訳されてきた。

今の大きな書店には、「自己啓発本のコーナー」がある。だが、この自己啓発（セルフ・ヘルプ）の思想を、本当に初めに唱えたのは、エマーソンだった。「自分だけを信じて（自己信頼）、自分で自分を助けなさい（自助）。他の人のことは後回しでいいから。まず自分の生き方をしっかりしなさい」なのである。だから、スピリチュアリズムの第1原理は、「霊《れい》との交わり」よりもまず、本当はこの

エマーソンが38歳の時に出版した（1841年）、“Self《セルフ》-Reliance《リライアンス》”『自己信頼』が、スピリチュアリズムの金字塔である。

伊東奈美子さん翻訳の『自己信頼〔新訳〕』（海と月社、2009年刊）が、エマーソンのコトバを割とやさしく、わかりやすくまとめている。それでも、まだ真のエマーソン理解には届いていない。

『自己信頼』の冒頭には、イングランドの劇作家で、シェイクスピアの後釜として国王の座付《ざつき》作家になったジョン・フレッチャー（1579～1625）と、相棒のフランシス・ボーモント（1584～1616）の合作戯曲《ぎきょく》、『正直者の運命』The Honest Man's Fortune《フォーチュン》のエピローグの一部が引用されている。

『正直者の運命』は、悲喜劇だという。貴族の男モンタギューが金と女と地位で、ヒドい目に遭いながらも、最後は全てを取り戻す話である。エマーソンはそこから次の一節を抜き出している。

「汝《なんじ》、自《みずか》らの他《ほか》に求むることなかれ。人は自らの星である。正直で完全な人間の魂は、すべての光と、力と、運命を支配している」

「自己信頼」（セルフ・リライアンス）である。

私は、このことを強調したくて、そして、日本国民に分かって貰《もら》いたくて、この一冊の本を書いている。だから、ここからが、本当の第一章である。エマーソンは、『自己信頼』の冒頭に、次の文を載せている。エマーソンの文は、古い旧式の翻訳文ではこのように書かれた。なかなかの名訳である。

「汝《なんじ》、自《みずか》らの他《ほか》に求むることなかれ。人は自らの星である。正直で完全な人間の魂は、すべての光と、力と、運命を支配している」

伊東奈美子さんも、これまで5冊ある、戦前からの翻訳文と同じだ。これを英文の原文《げんぶん》では次のように書かれている。

Man is his own star ; and the soul can Render an honest

エマーソンの演説《スピーチ》の様子。31歳から職業的な演説家（スピーカー）となった。それまでは、アメリカに演説家は存在しなかった。このあとエマーソンはどんどん人気が出た。

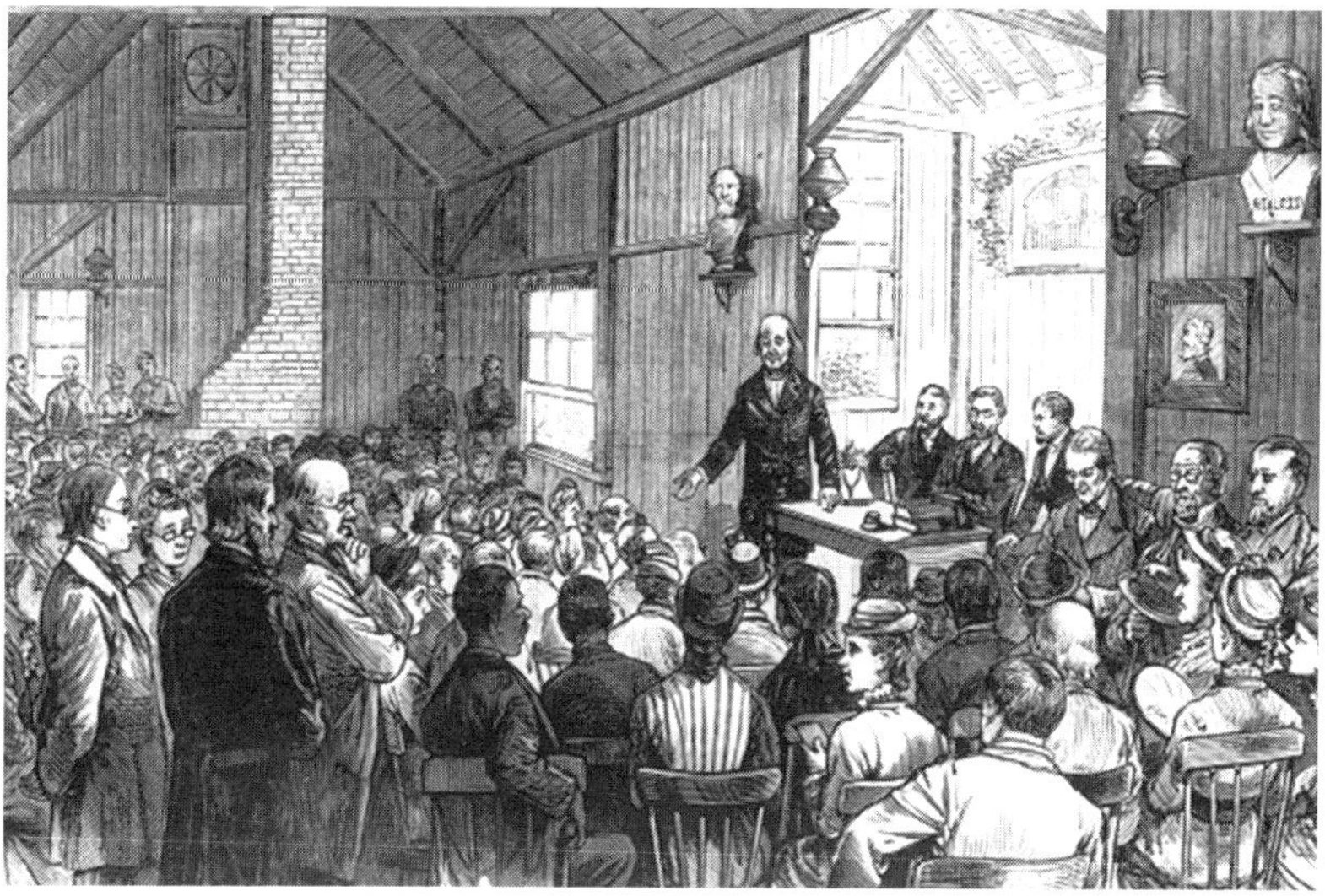

エマーソンの演説は受けがよくて評判が立って、アメリカ全土の大都市に次々に招かれて行った。演説家として講演料をもらって生活した。その前の20代は、教会の牧師で説教師（プリーチャー　preacher）を、4年間した。

出典：getty images

and a perfect man, Commands all light, all influence, all fate;

Epilogue to Beaumont and Fletcher's Honest Man's Fortune.

これをもっともっと分かりやすく書き直すと、次のようになる。

「あなたは、自分自身よりも他に、信じるものを見つける必要はない。人は、自分自身が自分の星である。正直でまじめな人の魂は、すべての光と、力と自分の運命を支配している」

大人気のエマーソンの講演

ここから、いよいよスピリチュアルとは何か、そして、今もなおアメリカで一番重要な思想家《スィンカー》であるラルフ・ウォルドー・エマーソンの生き方と思想を私が解説していく。これでようやく、百年かかってエマーソンの思想は日本でも解明された、と言われるようになる覚悟で、私は書いてゆく。

エマーソンは、29歳で牧師を辞めた（1832年）。それから2年後の31歳（1834年）から独立した一人の演説家《スピーカー》という職業で、どんどん人気が出た。エマーソンが生まれた所は、アメリカ東部の古い大都市ボストン（日本で言えばまさしく京都）の、ハーヴァード大学がある地区だ。

そこから、エマーソンは、評判が立つに従って、アメリカ全土の都市に、次々と招かれて訪れた。そして演説《アドレス》あるいは講演《レクチュア》をした。中西部のど真ん中の大都市シカゴとか、西《にし》海岸のカリフォルニア州のサンフランシスコを始めとする諸都市まであちこち演説をして回った。演説家《スピーカー》としての講演料（レクチュア・フィー）をもらって、それで生活できるようになった。このような講演旅行（巡業《じゅんぎょう》）をレクチュア・サーキットと言う。

だから、エマーソンという人は、独立独歩の自営業の人だ。26歳からあとは、

2年間のヨーロッパ旅行をしたあと、30歳からはどこかの組織や団体に雇われていたわけではない。普通はまだ演説《レクチュア》でご飯が食べられるような時代ではない。資産家や企業家や政治家でもない。みんなの代表となって選挙に出て公職《こうしょく》に就《つ》くわけでもない。ただ、次々に、生涯に10冊の本を書いた。それを読んでもらうことと、ひたすら自分の演説の力だけでご飯を食べた。このことは凄《すご》いことだ。

1840年代のアメリカ合衆国は、どんどん豊かになりつつあった。このあと南北戦争（1861～1865 The《ザ》 Civil《シビル》 War《ウォー》 内乱と言う）で国内が大分裂する動乱も起きた。このとき日本は丁度、幕末だ。アメリカの東部はもう開拓農民たちの時代ではない。たくさんの産業が興《おこ》って、やがて、隆盛《りゅうせい》して、ヨーロッパを追い越して見返すほどの、大繁栄のアメリカになりつつあった。とくに南北戦争のあとの急成長は、目を見張る。1870年代には、アメリカ合衆国は、その国民経済《ナショナル・エコノミー》の成長力で、一気にイギリス帝国を追い抜いていった。

エマーソンは、自分の本を書いて出版した。彼は、生涯に10冊の本を書いた。

その2冊目に書いた本が、まさしく“Self-Reliance”「セルフ・リライアンス」で、そのまま、「自己信頼」である。

「あなたは、今の自分のままでいいのです。その自分を信じて、自分だけを信じて強く生きていきなさい」という思想だ。だから、これが、まさしくスピリチュアリズムの生き方の根本だ（スピリチュアリズムの第1原理）。そしてこの場合、霊と霊魂の世界を認めて、自分と、自分の聖霊《せいれい》（ホウリー・スピリット）との対話だけを大切にしなさい（これが、スピリチュアリズムの第2原理）、という思想である。

　1840年代のアメリカ国民は、毎週、日曜日には決まって自分が所属している特定の教会《チャーチ》に集まった。ここではたいてい、つまらない、おもしろくもない牧師の話を聞かされた。日曜礼拝《れいはい》の牧師の話がおもしろくないので、皆だんだん嫌《いや》になっていた。うんざりして、「もう、いい。そんなつまらない説教《プリーチ》は。聖書の購読と教会の儀式《リチュアル》と賛美歌《さんびか》ばっかり歌わされて。そのあと寄付（ドーネイション）のお布施の箱が、毎回、毎回、回ってくる。ああもう飽き飽きだ」と、皆、思っていた。ヨーロッパでも同じだった。キリスト教会の各宗派の支配にうんざりして反対の気運《きうん》が大きくなっていた。

それに比べたら、アメリカ東部の、洗練されたボストンの町から来るエマーソンがする話は、ものすごく機知《きち》に富んでいて、人生の役に立つ。自分の為《ため》になって、腹の底から、なるほどと、聞いている聴衆が頷《うなず》いた。エマーソンは、ますます人気が出て、評判が立って、それが、ざわざわとアメリカ全土に広がっていった。それでエマーソンは十分にご飯を食べることができた。

きっと、今で言えば、年収は３００万ドル（約4億円）ぐらいになっただろう。一流芸能人や、企業家が稼ぐおカネと同じぐらいになった。だからこのエマーソンが唱えた、『自己信頼』（１８４１年刊、38歳のとき）という考えが、まさしくスピリチュアリズムの根本であり、始まりなのだ。エマーソンを抜きにして、スピリチュアリズム（自分と霊魂との対話主義）の思想の誕生は、あり得ない。

日本で明治4(1871)年に先に出版されたスマイルズの『自助論《じじょろん》』“Self-Help”(1859年刊)は、エマーソンの『自己信頼』“Self-Reliance”(1841年刊)を真似《まね》した本だ。

サミュエル・スマイルズ
(1812～1904)

中村正直《なかむらまさなお》
(1832～1891)

スマイルズの“Self-Help”を中村正直が初めに『西國立志編』と訳した。

サミュエル・スマイルズはイギリス人、スコットランド生まれ。『セルフ・ヘルプ』は、エマーソンの『セルフ・リライアンス(自己信頼)』よりも18年もあとに刊行された。この『セルフ・ヘルプ』を、明治の知識人である中村正直《まさなお》が、『西國立志編《さいこくりっしへん》』と訳して1871(明治4)年に出した。そうしたらドカーンと売れた。

別の学者が訳して、この本がやがて『自助論《じじょろん》』と名前が変わった。これも、よく売れた。日本では、自己啓発本の祖はこの『自助論』とされる。しかし、「自分を信じて、自分を肯定して、力強く生きなさい」という思想の生みの親は、あくまでエマーソンである。

写真出典：https://en.wikipedia.org/wiki/Samuel_Smiles
https://ja.wikipedia.org/wiki/中村正直
近代書誌・近代画像データベース　http://school.nijl.ac.jp/kindai/HRSK/HRSK-00037.html#2

日本で先に出版された『セルフ・ヘルプ』との違い

このエマーソンの『自己信頼《セルフ・リライアンス》』（１８４１年刊）によく似た本が、前述した“Self-Help”『セルフ・ヘルプ』（１８５９年刊）だ。まさしく「自分で自分を助けよ」だ。だから、「自助努力《じじょどりょく》」だ。まさしくこれが、現在の日本の大型書店のコーナーの一つになっている「自己啓発本《けいはつ》」の始まり、とされる。

この“Self-Help”を書いたのは、イギリス人のサミュエル・スマイルズ（Samuel Smiles　１８１２〜１９０４）という人だ。この人はアメリカ人ではない。スコットランドの知識人で、イギリスのロンドンで出版された本だ。それなら、エマーソンの『自己信頼』とは全く違うではないか、と思うだろう。

だが、エマーソンの、“Self-Reliance”『自己信頼』は、それよりも18年も早く出版されている。サミュエル・スマイルズの、『セルフ・ヘルプ』の方は、エマーソンの、『自己信頼』よりも後《あと》に書かれた。だから、エマーソンの本の中身

エマーソンの重要なコトバの数々
（副島隆彦訳）

今の自分の考えを信じなさい。自分にとっての真実は、他のすべての人にとっても真実なのだ、と信じなさい。

他の賢い人たちの言葉よりも、自分の内側で、ほのかに輝いている考えの方を大切にして、それに火を灯《とも》しなさい。

恨《うら》みは無知から生まれるのであり、人真似《ひとまね》は自殺行為である。世界は広く、善《よ》きもので溢《あふ》れている。

自分に与えられた土地を耕さない限り、自分の身を養う一粒《ひとつぶ》のトウモロコシも手に入らない。自分の職業に打ち込みなさい。

自分のようなつまらない人間の考えなど大したことはないのだ、と片付けてしまうことが多い。

ところが、他の優れた人々の作品の中に、自分が以前に捨てた考えがあることに気づく。一度は自分のものだった考えが、威厳を伴って自分自身に戻ってくる。

私たちの中に宿《やど》る力は、まったく新しいものだ。それを知っているのは自分本人だけだ。実際にその力を使ってみるまでは、本人さえ、それが何なのか分からない。

自分がしている今の仕事を愛しなさい。自分の仕事にまごころを込めて最善を尽くしなさい。そうすれば自分の魂が安らぎ、晴れやかになる。

を真似《まね》して、同じような内容で書き直した本だ。読んでみると、そのことがよーく分かる。

「自分を大切にしなさい。自分だけを信じて、自分の今の境遇での、自分の生き方を肯定して、力強く生きなさい」という思想の生みの親は、エマーソンである。スマイルズではない。オリジナリティ（創意発案）は、ラルフ・ウォルドー・エマーソンの方にある。

ところが、スマイルズの『セルフ・ヘルプ』の方が、日本でずいぶんと早い時期に翻訳されて出版されて大評判となった。この『セルフ・ヘルプ』の登場は、なんと1871（明治4）年という、明治時代になってすぐの、「文明開化」が始まったばかりの日本だ。

まだ銀座通りもできていない。牛鍋屋《ぎゅうなべや》（今のすき焼き料理）が、神田、日本橋や浅草で人々に大評判となり大繁盛し始めた時代だ。その前は、牛馬山羊《ヤギ》などの獣類の肉を食べることは日本では禁じられていた。

もう徳川幕府の江戸時代ではないから、西洋の文物《ぶんぶつ》がドカーンと、どんどん日本に持ち込まれた。ただし、それらを身に付けて、それらの新文明の恩恵に初めに浴することができたのは、東京でも裕福な階層の人たちからだったろう。

『西國立志編《さいこくりっしへん》』をむさぼり読んだ明治の日本人

サミュエル・スマイルズの『セルフ・ヘルプ』は、中村正直《なかむらまさなお》（1832〜1891）という明治の初めの知識人によって日本語に翻訳され出版された。それが大変よく売れた。人々が争うように買って、むさぼり読んだ。最初の書名は、『西國立志編《さいこくりっしへん》』という（55ページに表紙を載せた）。「セイコク」でなく、「サイコク」と読む。「西洋」という意味だ。だから、「西洋立志編」でもよかったろう。この本は、「志《こころざし》を立てて、自分で努力して立派な人間になりなさい」という内容の本だ。まさしく、「セルフ・ヘルプ」だ。

この『西國立志編』は、やがて『自助論《じじょろん》』と名前が変わって、別の学者が、別の翻訳書として出版した。これもよく売れた。このように、同じ原書《げんしょ》なのに別の翻訳書まで、何冊か出た。セルフ・ヘルプの思想をなんとか理解しようとして、明治はじめの知識人たちが、翻訳で苦悶したからだ、とも言える。当時はまだ、現在のような、著作権《ちょさくけん》法とか国際著作権条約《じょうやく》というのは無かった。だから、出版物は、商品としていくらでも出せたようだ。

中村正直は、東京で知り合ったクラークというアメリカ人の宣教師から教会でいろいろ教わって、「そんなにスゴい本なのですか。それじゃあ私が日本語に訳して出版します」ということで、『西國立志編』、のちの『自助論』になって流行した。当時の大ベストセラーだ。10年間で100万部以上売れたという。

驚くべきことだ。当時の日本人が、西洋の新知識や新思想をどれほど渇望《かつぼう》していたかが分かる。それこそ、「喉《のど》から手が出るほど」という、今の若い人たちは、使わないコトバだろうが、そういう大評判の本となった。

この『西國立志編』とまったく同じときに、これと競争するようにして福澤諭吉（1835〜1901。66歳で死）が、『学問のすゝめ』（初版1872年刊）を書いて出版した。これも、どかーんと売れて、分冊《ぶんさつ》の合計で約400万部以上売れたそうだ。時代は、まだ、ご一新《いっしん》、すなわち維新《いしん》が始まったばかりの、明治4年、5年のことだ。福澤は、「10の戒《いまし》め」の中に、「他人の生活を羨《うらや》むことは卑《いや》しいことだ」と書いている。まさしくその通りだ。「他の人の生活を羨むことをしないで、今の自分を大切にして、真面目に努力して生きなさい。そうしたら必ず報《むく》われる」と説いた。

このようにして、「自助努力《じじょどりょく》」の思想が、日本に入った。このとき、日本で一緒に、「天《てん》は自ら（を）助くる者を助く」というコトバがもの凄《すご》く流行《はや》った。この1行のコトバ（文）の、元の英文は、

God helps those who help themselves.

「ゴッド・ヘルプス・ドーズ・フー・ヘルプ・ゼムセルヴズ」

である。「天《てん》は自分を自分で助ける人を助ける。そのように努力しない人を天《てん》は助けない」まさしく自助の思想だ。私の世代は、中学校の英語の教科書に、この一行が入っていた。今もきっと有《あ》る。

「自分の生まれた環境を嘆き悲しむことなく、天を恨《うら》むことなく、今の自分を肯定して、自分なりに努力して、そして、頑張って生きてゆきなさい」である。まさしくセルフ・ヘルプだ。

そして、この「セルフ・ヘルプ」の元祖《がんそ》は、エマーソンが書いた「自己への信頼こそが大事である」（セルフ・リライアンス）なのである。「今の自分を信じて、自分だけを頼りに生きてゆきなさい。神さまや仏さまに、ただ単にすがるのはやめなさい」だ。「自分の霊魂《スピリット》との対話で、自分の自然な欲求に従って、自分を信頼して自己を肯定して生きる人」に、魂《たましい》の充足が訪れる。

だから、私は、アメリカ人のエマーソンが１８４１年に言い出した、この「自己信頼」の思想こそは、スピリチュアリズムの本髄《ほんずい》、根本、始原《しげん》だと断定する。だからスピリチュアリズムの第1原理は、この「自己への信頼」以外には、あり得ない。

「自己を信頼して生きよ」とはどういうことか

このように、エマーソンが、その著書『自己（への）信頼』“Self-Reliance”で何を書いているのか、これから、私が大事な箇所を次々に選んで載せる。エマーソンの原文《げんぶん》（オリジナル・センテンス）のただの直訳《ちょくやく》ではなくて、私が自分で分かり易《やす》く訳《やく》した。エマーソンは次のように書いている。

● 今の自分の考えを信じなさい。自分にとっての真実は、他のすべての人にとっても真実なのだ、と信じなさい。

To believe your own thought, to believe that what is true for you in your private heart is true for all men.

● 賢い人たちの輝いている言葉よりも、自分の内側でほのかに光っている考えを大切にして、それに火を灯《とも》しなさい。

A man should learn to detect and watch that gleam of light which flashes across his mind from within, than the luster of the firmament of bards and sages.

● 自分のようなつまらない人間の考えなど大したことはない、と片付けてしまうことが多い。ところが、他の優れた人々の作品に、自分が以前捨てた考えがあることに気づく。一度は自分のものだった考えが、威厳を伴って自分に戻ってくる。

Yet he dismisses without notice his thought, because it is his. In every work of genius we recognize our own rejected thoughts: they come back to us with a certain alienated majesty.

● 優れた芸術作品を見たとき、以下の教訓以上に大切なものはない。自分の中に自然に湧き上がってくる感動こそを大切にして守り通しなさい。たとえ周囲が口を揃《そろ》えてあなたの考えに反対しても、やがて他の人々があなたと同じことを言い出すだろう。

Great works of art have no more affecting lesson for us than this. They teach us to abide by our spontaneous impression with good-humored inflexibility then most when the whole cry of voices is on the other side.

●人が、人世《じんせい》の教育によってやがて必ずたどりつく重要なひとつの教訓がある。それは、恨《うら》みを抱くことは無知から生まれる、である。人真似《ひとまね》は自殺行為である。世界は広く、善《よ》きもので満ち溢《あふ》れている。このことを、人は善《よ》かれ悪《あ》しかれ、自分の知能でわかるようになる。私たちは、自分に与えられた土地を耕さない限り、自分の身を養う一粒のトウモロコシさえも手に入らない。

There is a time in every man's education when he arrives at the conviction that envy is ignorance; that imitation is suicide ; that he must take himself for better , for worse , as his portion ; that though the wide universe is full of good , no kernel of nourishing corn can come to him but through his toil bestowed on that plot of ground which is given to him to till.

● 私たちの中に宿《やど》っている力は、まったく新しいものだ。このことを知っているのは本人だけだ。実際にこの力を使って、そして自分でできるだけのことをやってみるまでは、本人さえ、それが一体何なのか分からない。

The power which resides in him is new in nature , and none but he knows what that is which he can do , nor does he know until he has tried.

●自分がしている今の仕事を愛しなさい。そして自分の仕事にまごころを込めて最善を尽くしなさい。そうすれば、自分の霊魂は安らぎ、晴れやかになる。

A man is relieved and gay when he has put his heart into his work and done his best.

●自分自身を信じなさい。あなたが奏《かな》でる力強い調《しら》べは、きっと鉄の弦《げん》で出来ているように堅い万人の心を震《ふる》わせる。

Trust thyself : every heart vibrates to that iron string.

●（私エマーソンが書く）この本の主題である自己信頼《セルフ・リライアンス》に関して言う。自然《ネイチュア》は、子供や赤ん坊に素晴らしい神託《オラクル》（しんたく　神からのお告げ）を与えている。

赤ん坊や動物には、人間の大人が持つ卑屈さや自己分裂した行動は見られない。幼い子供たちは、まだ何ものにもとらわれない目をしている。幼児の顔を覗《のぞ》き込むと、思わず私たちの方が狼狽《ろうばい》してしまう。幼児は誰にも従わない。世界が幼児に従う。

What pretty oracles nature yields us on this text , in the face and behavior of children , babes , and even brutes ! That divided and rebel mind , that distrust of a sentiment because our arithmetic has computed the strength and means opposed to our purpose , these have not . Their mind being whole , their eye is as yet unconquered , and when we look in their faces , we are disconcerted . Infancy conforms to nobody : all conform to it ,

このように、私が、エマーソンの「自己を信頼して生きよ」を紹介していると、だんだん一つの宗教のようになって、凝り固まってしまう。だからどうもよくない。自己信頼から始まったスピリチュアリズムは、決して宗教ではない。宗教になってしまうことを、むしろ嫌う。スピリチュアリズムは宗教（団体）や信仰の世界に人間が陥ってゆくことを警戒し、忌避《きひ》するのである。スピリチュアリズムは決して宗教（レリジョン　religion）ではありません。

エマーソンのこれらのコトバに興味が湧いた人は、次の一冊、『自己信頼［新訳］』（伊東奈美子訳、海と月社、２００９年刊）を買って、自分で読んでください。これまでのエマーソンの訳書よりも格段に優れた名訳だ。だがそれでも、さらに原文から易《やさ》しく訳し直した、私の訳文の方がずっと良いことが、皆さんは分かるでしょう。

「常に穏《おだ》やかで控え目でありなさい」

Be a good-natured and modest.

「善（グッドネス）は自分の本性（ネイチュア）だけから生まれる」

エマーソンは、こういうことを言う。
エマーソンの言葉を、彼の思想と生き方の真髄が分かるように、『自己信頼』の原著から、私がさらにパラフレイズ（paraphrase、易《やさ》しく言い換え）して書いてゆく。

● 私の家に時々やってくる、私の親友である狂信的な政治活動家（国会議員）が激しい怒りに燃えながら、最新のバルバドス諸島からのニューズを持って来て、私に猛然と演説する。「黒人奴隷制度は廃止すべきだ」と。それに対して私は答えた。
「君の言いたいことは分かる。奴隷制度の廃止については私も同感だ。だが、私は敢《あ》えて言う。君は、家に帰って自分の子供を可愛《かわい》がりなさい。君のために薪《まき》を割っている使用人をねぎらいなさい。常に穏やかで、控え目でありなさい。はるか遠くにいる黒人たちにまで、君が途方もない情けをかけるのはやめるべきだ。君が外国の人々にまで投げかける善意《ぜんい》（conscience　コンシエンス）は、君の周りにいる人たちにとっては、迷惑でしかありません」と。

If an angry bigot assumes this bountiful cause of Abolition, and comes to me with his last news from Barbadoes, why should I not say to him,

"Go love thy infant; love thy wood-chopper: be good-natured and modest: have that grace; and never varnish your hard , uncharitable ambition with this incredible tenderness for black folk a thousand miles off . Thy love afar is spite at home."

これらの文のこの言い方と態度が、まさしくエマーソンである。

彼は、「自分の考えや主張は大切だ。だが、しかし、人間は常に穏やかで控え目でなければならない」と説いた。このように常に一歩後《うし》ろに退《ひ》いて世の中を考える。この生き方が、エマーソンである。

彼の思想は本書のあとの94〜95ページの図表にしたごとく、アメリカの、いや、やがて世界中に広がっていった。彼は現代思想《モダーン・ソート》のさまざまの生みの親、発信源となった人なのである。このように言えるだけ、彼は今から１６０年前の当時のアメリカの多くの言論人や文学者（作家）や活動家たちと交際した。だから、そのつき合いの議論の中から新しい社会思想や政治思想が生まれ、彼は唱導者《しょうどうしゃ》となった。しかし、エマーソンは、常に穏やかで控え目であった。

エマーソンは書物を通して、外国の、たとえば、イギリスのトマス・カーライルや、ドイツのアルトゥル・ショーペンハウエルのような超《ちょう》一流の知識人、思想家と、手紙でやり取りをする友人となった。

若い時、29歳（1832年）で牧師をやめたあと、2年間、ヨーロッパを旅して、この時にヨーロッパの知識人たちと交流して友人関係を築いている。

それでも、彼はいつも後ろに退《ひ》いて、激しい行動をしなかった。激しい思想の仲間たちの考えに同意して応援をした。

エマーソンは決して極端に走ることをしなかった。彼の演説は、毅然《きぜん》として剛《ごう》直《ちょく》なものであった。かつ、常に漸進的《ぜんしん》（進歩的）であり、リベラル思想である。我慢強く、他の人々を説得《せっとく》（persuade　パースウェイド）した。何があろうと、人間は、他者を静かに、穏やかに、言葉の力で説得しなければいけない。説得するより他に、人間ができることはありません。

そして、エマーソンはあらゆるものごとに対して、常に懐疑《かいぎ》的《てき》だった。自分の考え（思想）をも、繰り返し疑うことをして、懐疑して深く考え続けた。エマーソンは、一方方向に凝《こ》り固《かた》まって、教条《きょうじょう》的になって、突発的な行動に走る自分の友人たちを、常に制止して、宥《なだ》めて、やめさせた。同時に、エマーソンはキリスト教の教会の宗教が体制的で保守的で、頑迷になって、人々を圧迫していることに対しても強く抗議した。

エマーソンの思想は徹底的に根源的《ラジカル》なのに、過激な行動をすることを嫌う。このエマーソンの生き方が、彼を、その後、世界で超《ちょう》一流の人物にしたといえる。

彼は、人類のいろいろな実験的な急進思想《ラディカル・ソート》に付き合って、支援して応援した。だがしかし、彼自身は常に後ろに一歩退いていた。だから、現実味《み》の薄い理想主義（アイデアリズム）に走った集団農場運動が、当時の市場経済（マーケット・

エコノミー）が未《み》成熟だったために失敗したときにも、その失意の活動家たちを金銭面で助けた。１８４０年代から彼自身が触発されて、同時進行した欧米白人の知識人たちの政治思想については後述する。

エマーソンの文章をあと少し続ける。

●自分の精神《せいしん》の高潔さ以外に、他に神聖なものなどない（宗教の権威は否定される）。自分自身を精神の牢獄《ろうごく》から解き放つことができれば、次第に世の中の賛同を得られるだろう。

エマーソンが属したボストンのハーヴァード大学のユニテリアン教会の偉い人物から、エマーソンが教え諭《さと》された時に、エマーソンが、「私は内なる自分を信じる」と反論した重要な文章が、次である。

●私がまだ若い牧師《パスター》だった頃、ある高位の人が教会の古い教義《ドグマ》を持ち出して私を説得しようとした。私はその教会の偉い階級の人に言った。「私は、自分の中の本性（ネイチュア）から湧き上がってくるものだけを自分の人生の指針にしたいのです。もう、教会教団の持つ伝統の神聖《セイクレッドネス》など私には要りません」と。

それに対してその偉い人は言った。「君が感じているその衝動《インパルス》は、どうも、上の方（神聖なもの）から来るものではなくて、下の方（すなわち地底《じぞこ》の悪《あく》の方）から来るものではないか」

私は答えた。「いいえ。私はそうは思いません。もし私が悪魔《サタン》の子供であるのなら、私は悪魔に従って生きてゆきます」と。

私の本性《ネイチュア》の神聖さ以上に神聖なものは他にない。善と悪は単に名前に過ぎない。善と悪はいつでもすぐに互いに置き換わることができる。

I remember an answer which when quite young I was prompted to make to a valued adviser, who was wont to importune me with the dear old doctrines of the church.

On my saying, What have I to do with the sacredness of traditions, if I live wholly from within?

My friend suggested, —— "But these impulses may be from below, not from above."

I replied, "They do not seem to me to be such; but if I am the devil's child, I will live then from the Devil."

No law can be sacred to me but that of my nature. Good and bad are but names very readily transferable to that or this;

●私は自分の中から生まれる本性《ほんせい》（nature《ネイチュア》　自然な性質）にだけ従う。教会が決める善や悪はただの呼び名にすぎない。善と悪は私の本性《ネイチュア》からだけ生まれる。

●私は、金持ちや権力者たちの豪華な、しかし、本当は不安定である人生よりも、慎《つつ》ましくとも誠実で、平穏な人生の方がずっと好ましい。健康で楽しい生活。自然な自己節制によって、食事制限も肥満の手術もいらない生活を送りたい。

●すでに意味を失った慣習《カスタム》（盛大な葬式や結婚式など）に従う必要はない。それらに付き合うことは自分の力の浪費であり、時間の無駄だ。形骸《けいがい》化した（形ばかりになった）教会を維持したり、聖書事業や慈善活動に寄付したりすることは、あなたからたくさんの時間を奪う。それよりは自分のやりたいことをするのだ。そうすれば、あなたはもっと強くなれる。

●私の家の窓の外で咲くバラの花は、過去のバラたちや、他のもっと美しいバラの花たちを気にかけたりしない。バラの花はあるがままに咲いている。バラは時間など気にしない。バラの一生は、どの瞬間を切り取っても完璧《かんぺき》である。花がつぼみの時も、満開の時も、そして花がしおれ、枯葉になってそして葉が落ちても、バラは常に等しく満たされている。自然をバラの存在で満たしている。

These roses under my window make no reference to former roses or to better ones ; they are for what they are ; they exist with God to-day . There is no time them . There is simply the rose ; it is perfect in every moment of its existence . Before a leaf-bud has burst , its whole life acts ; in the full-blown flower there is no more ; in the leafless root there is no less. Its nature is satisfied, and it satisfies nature, in all moments alike.

これらの言葉がエマーソンの思想だ。一行で言い切れば、まさしく「今の自分を信じて生きなさい」（自己への信頼《セルフ・リライアンス》）である。これがスピリチュアリズムだ。スピリチュアリズムは断じて宗教ではない。キリスト教を含めて、全ての宗教とは異なるものだ。このことをどうか、皆さん分かって下さい。

Ⅲ　スピリチュアルに神はいない

スピリチュアリズムの本髄と仏陀の名言

〝神懸かり的な〟執筆活動をしていた人物に船井《ふない》幸雄《ゆきお》（１９３３〜２０１４）氏がいる。船井幸雄は、「私を拝みなさい」と言ったことは一度もない。世の中では戯言《ざれごと》で、「船井教《きょう》の信者は……」という言い方を、遠くからされたことはたくさんあった。しかし、船井幸雄ワールドは宗教団体ではない。

船井幸雄(1933〜2014)

船井幸雄は死ぬ間際《まぎわ》（２０１４年１月６日に。逝去は、その13日後の19日）に、自分のＨＰ（ホームページ）に書いた。「あんまりスピリチュアルの方に行かん方がいい」と。それを読んだ船井幸雄の愛読者たちの間に、動揺《どうよう》が起きた。「先生はずっとスピリチュアルのことを私たちに教えてきたのに」と。

私は先生のこの発言を素直に受け止めて、理解出来た。「そうだよ。スピリチュアルの世界に入り込んで、まるで宗教団体の熱心な信者のようになってはいけないんだ」と、あのとき、私は強く思った。

スピリチュアルは宗教ではないのだ。教祖や神を拝まない。それでは何を拝むのか。崇拝するのか。だから自分を、だ。


お釈迦《しゃか》様（仏陀　紀元前563〜前483）は、80歳で死を悟ったときに、弟子のアーナンダ（阿難《あなん》）ひとりを連れて、自分の生まれた故郷の、シャカ族の地（ルンビニ）に戻ろうとして、途中にクーシナガルという村で倒れた。食べたキノコで食あたりをして下痢《げり》をした。そして横になって最後のコトバを言った。

それは、「私（仏陀）が教えたことなんか、どうでもいいかな。それよりも、もっと自分自身を信じて生きなさい。今の自分を信じて生きなさい」と言った。そして死んだ（紀元前483年）。

そのとき、多くの動物がお釈迦様の周《まわ》りを取り囲んだとか、五百羅漢《ごひゃくらかん》（500

人の弟子の僧たち）が取り巻いて泣き叫んだ、とか伝わっているが、それは後世の作り話だ。お釈迦様は、アーナンダ（阿難《あなん》）という、優しい性格の弟子ひとりだけを連れてその村まで歩いてきて、そこで死んだのだ。

私はこの仏陀のコトバに、ものすごく強く魅《ひ》かれる。実は、これが、スピリチュアリズムの本髄《ほんずい》、本源である。前述したエマーソンの思想とまったく同じである。

ここで、お釈迦様が死の間際《まぎわ》に何と言ったか。正確にその言葉（人類への遺言《ゆいごん》だ）を載せる。仏陀の最後の言葉はこうだ。

すべてはうつろう。
うつろうものに執着《しゅうじゃく》すれば苦しみが生じる。

されば、執着をして去らしめよ。

すべてはうつろう。

ゆえに私、仏陀を頼りにすることなかれ。

自ら（自分だけ）を頼りにして生きよ。

他者に依存することなかれ。

自己の身《み》を支えとして生きよ。


と、仏陀は言い放った。

この仏陀の最期《さいご》の言葉は、私が２０１２年に出版した『隠された歴史　そもそも仏教とは何ものか？』（ＰＨＰ研究所刊）から引用した。

お釈迦さまは、はっきりと、「すべてはうつろう。ゆえに私（仏陀）を頼りにすることなかれ。自分だけを頼りにして生きよ。他者に依存することなかれ。自分を支えとして生きよ」と言った。

仏陀もイエスもさすがに偉大な人は偉い。彼らの後《あと》に出来た宗教団体としての各々《それぞれ》とは全く違うのだ。

「犀の角のようにただ独り歩め」のすごさ

『ブッダのことば（スッタニパータ）』という本がある。この本が岩波文庫で出ている。中村元《なかむらはじめ》訳で1958年が初版である。今もよく売れている。この本こそは本物の仏典（ブッダその人のコトバ）である。ということは、他の仏典は怪しい、ということだ。ブッダ本人が語ったコトバであるかどうか疑問なのだ。ブッダ本人のコトバでなければ、それらはすべて後世の作り話である。私は、このことを強調する。

この『スッタニパータ』の中に次のように書かれている。これがブッダ本人の本当の思想だ。

三、犀の角

三五　あらゆる生きものに対して暴力を加えることなく、あらゆる生きもののいずれをも悩《なや》ますことなく、また子を欲することなかれ。況《いわ》んや朋友《ほうゆう》を。犀《さい》の角《つの》のようにただ独《ひと》り歩《あゆ》め。

三六　交《まじ》わりをしたならば愛情が生ずる。愛情にしたがってその苦しみが起る。愛情から禍《わざわ》いの生ずることを観察して、犀の角のようにただ独り歩め。

（前掲書・中村元訳　傍点筆者）

これがお釈迦さまの本当のコトバだ。この「犀の角のようにただ独り歩め」という言葉がこの『ブッダのことば』で何百回も繰り返されている。私はしびれた。これが本当の仏教だ。

ブッダは、35歳で悟って80歳で涅槃《ねはん》すなわち死ぬまでの45年間を、この辺りの200km四方の各地を歩いて回って説法をしている。たいていはラージギル（王舎城《おうしゃじょう》）という都市にいて、ここに「竹林精舎《ちくりんしょうじゃ》」（ヴェニバナ・ビハール）があって、ここで500人くらいの弟子たちと暮らしていた。このうちの50人ぐらいが女性（尼僧《にそう》）だった。

雨季が終わって、冬の乾季になると、弟子たちはウロウロと托鉢《たくはつ》に出た。これが一切無所有、無一物の勤厳なる姿である。このラージギルから400kmくらい北の方にサヘート・マヘートがある。ここに「祇園精舎《ぎおんしょうじゃ》」があった。「祇園精舎（ジェータヴァナ・ビハール）の鐘《かね》の音《こえ》……」なら日本人はみんな知っている。サヘート・マヘートは、当時はシュラヴァスティー（舎衛城《しゃえいじょう》）である。

ここが当時大きな国であったコーサラ国の首都だった。マガタ国よりもコーサラ国の方が大国だった。この首都に日本人によく知られている祇園精舎があったのだ。

ブッダは、どうやら、この2つの都市を毎年のように往復したようである。夏はガンジス河は洪水のようになる。南の方の都市であるラージギルは住みにくい。だから北の方のサヘート・マヘートに移ったのだろう。

スピリチュアルが世界に広まるのは当然だ

私は、これまで自分の人生で、スピリチュアルの世界と一切関わらないで生きてきた。近づきたいとも思わなかった。

私は政治思想（ポリティカル・ソート）の研究と金融・経済の近未来予測の本を主に書いてきた。その他に歴史や言語や政治評論の本を書いてきた。私は今の世の中で大きく隠されている真実を暴きたてること。これだけを自分の人生の目標に設定して、もの書き・言論人としての自分の仕事としてきた。世界の権力者たちの動きと政治の裏側や、経済の本をこれまで200冊以上書いた。解決（solution　ソリューション）を与えることができなかった。この世の真実《しんじつ》（truth　トルース）も見つからなかった。

私は、仏教という宗教の嘘《うそ》の部分を暴いた本である『隠された歴史　そもそも仏教とは何ものか？』（PHP研究所、2012年刊）と、『ニーチェに学ぶ「奴隷をやめて反逆せよ！」まず知識、思想から』（成甲書房、2017年刊）も書いた。

人々が宗教にすがりついて求めるものはいつの時代も共通している。「幸せに、穏《おだ》やかに生きられますように。人生の三大苦悩である病気、お金の心配、煩悶《ぼんのう》から逃れられますように」と願う。けれども、大《だい》宗教たちは、これに答えられなかった。

仏教も、キリスト教も大きな教団は、むしろ訳のわからない難しい教義《きょうぎ》（ドクトリン）で、人々を煙に巻いてきた。却《かえ》って悪いことをした。苦しむ人々に「罪悪感」と「劣等感」を植え付けた。現世を救われがたい世界とし、幸せや快楽を求めようとする人々を上手に騙《だま》して、自分たち僧侶の言うことに従わせようとした。とくにキリスト教は、聖職者（僧侶《モンク》）の勢力維持のために教義（ドクトリン）を使った。現在もそうだ。このことをニーチェが暴いた。


仏教も衆生《しゅじょう》（人々）の苦しみを救えなかった。仏教は民衆に見放され、今は葬式（だけの）仏教になり果てた。遂《つい》には、葬式すら出来なくなっている。

イスラム教はどうか。イスラム教も民衆救済宗教《サルベーション・レリジョン》としてドカーンと世界に広がった。しかし民衆救済は、実際には出来なかった。イスラム教は、中東アラブ世界を中心に、今も拡大しているのだと考える人々もいる。しかし私は、この考え

ゆる現代世界の
が生まれた

9 ＬＧＢＴ《エルジービーティー》の元祖 ──→ **性（欲）の解放、女性解放運動へ**

友人のホイットマン『草の葉』（1855年刊）のホモセクシュアリティ（同性愛）の肯定。

10 超人《ちょうじん》主義の元祖

英国人カーライルと交信。ショーペンハウエルの超人主義。ニーチェにも影響を与えた。

11 フリーメイソン会員

まだ、知能の優れた人間たちの秘密結社だった時のフリーメイソンに参加した。ユニテリアンと表裏一体だった。

12 キリスト教から社会改良運動へ

社会福祉、改善運動。売春婦を助ける廃娼《はいしょう》運動を始めた。

↓ **「空想的」社会主義** ↓

13 社会主義思想《ソウシアリズム》

カール・マルクスの社会主義思想へとつながる。ユニテリアンから、現在のリベラル派と社会主義者（左翼）が世界中にどんどん生まれていった。

エマーソン（1803〜1882）が偉大だ

ユニテリアン派の思想家

14 温厚（反過激主義）

W・J・ブライアンの米ポピュリズム（民衆《みんしゅう》主義）、とシャタ一カ運動につながった。

15 非暴力主義（ノンコンバタント）、非戦《ひせん》平和主義、博愛、人道主義

絶対に武器を取らない。人を殺さない→ガンジーへ。

エマーソンからあら最高水準の思想

1 ユニヴァーサリスト

ハーヴァード大学神学部出身。
万人司祭《ばんにんしさい》(みんなが司祭)、
万人の救済を唱えた。

2 スピリチュアリズムの肯定

ユニテリアン派は、合理主義(ラチオナリズム)だが、福音《ふくいん》(ゴスペル)、聖霊《せいれい》との交信、霊的体験を認める。マイスター・エックハルト、ヤーコプ・ベーメ、スウェーデンボルグの神秘《しんぴ》主義、降霊《こうれい》(術《じゅつ》)を認める。これで民衆を魅了した。

3 セルフヘルプ(自己啓発主義)

自助《じじょ》努力の思想。
強い自己肯定。

4 農地解放

土地を貧農《ひんのう》たちに分け与えよ。
共同農園運動。
➜トルストイとガンジーへ。

5 菜食主義者《ベジタリアン》の始まり

あまり動物を大量に殺してはいけない。

6 ヒッピー運動の元祖

友人のヘンリー・デイヴィッド・ソローの『ウォールデン　森の生活』(1854年刊)を褒《ほ》めて、都市生活を超越する。ニューソート(新思想)運動もここから。

7 人種差別反対

黒人を人間として扱え。しかし穏《おだ》やかな奴隷制度廃止論者(アボリショニスト)の立場。

8 環境保護運動《エンヴァイロンメンタリズム》

「自然環境を守れ」の理想主義の始まり。強欲《ごうよく》資本主義の否定。

に立たない。イスラム教もまた、次第に求心力をなくしていくだろう。

ユダヤ教は戒律《かいりつ》を守れ、ばっかりで救済を言わない。だからユダヤ人たちだけの世界にとどまった。

宗教は、私たち人間（人類）の苦悩に答えられなかった。その反対に宗教自身がこの世（地球、世界）の苦しみを増やしている。宗教はもう要《い》らない、と、多くの人が思うようになった。

自分たち聖職者がいる寺院、教会を立派にするだけの宗教は、「お布施《ふせ》」「ご供養《くよう》」「喜捨《きしゃ》」「奉納《ほうのう》」「寄付《きふ》（ドーネイション）」を集める。ありもしない天国（極楽浄土《ごくらくじょうど》とも言う）や地獄の話で人々は脅され、護符《ごふ》（お守りの札《ふだ》）を買わされたり、死んだあとは戒名《かいみょう》を押し頂いたりする。私は、あらゆる宗教の聖職者たちの金儲《かねもう》けの道具に人々（人類）がさせられるのはもうまっぴらだ、やめてくれ、と思っている。宗教離れが世界中で起こっている。

自分の存在の理由を探究したい、この世の中の真理《トゥルース》が知りたい、と思うのは自然のことだ。しかしこれら人類共通の欲求に、宗教はまったく答えることができなかった。

だからスピリチュアルが流行するのだ。スピリチュアルは決して宗教ではない。この本で、ここまで私がずっと説明して来たとおりである。スピリチュアルの世界には、威張りくさったお坊さまや神主（神官）や聖職者はいない。「悟った者（聖職者）だからこそ分かる真理」など言わない。救いを求める人々を喰いものにしない。

ところが、スピリチュアルは、どうしても宗教（行為）と似ている。スピリチュアルは、擬似《ぎじ》（pseudo　プソイド、シュードゥ）宗教だと、どうしても思われる。世の中の多くの人々がそのように感じ取っている。そして、困ったことに、「自分は100％スピの人間だ」と公言する者たち（主に女性）自身が、この区別がしっかり付いていない。私、副島隆彦の周りにも、こういう女性がたくさんいる。だから、私はこの本を苦心して書いているのです。

遂《つい》には、まるで、ほとんど宗教団体のようになっているスピリチュアリズムの唱導者《しょうどうしゃ》たちがいる。彼らはニセモノだ。超《ちょう》能力者（psychic　サイキック）や霊媒師《れいばいし》（medium　ミーディアム、いたこ、巫女《ふじょ》）を公言する者まで出てきている。みんな、宗教とスピリチュアリズム（霊魂《スピリット》だけ重視主義）は違うのだ、という重要な点が分かっていないからだ。

今、スピリチュアルの世界が求められているのは、人間が主体《しゅたい》だからだ。神が主体（中心）ではない。ここに作りものの神は存在しない。この神については、また後で書く。神もいろいろいるから、私たち人間が中心だ。だから、スピリチュアリズムの元祖であるアメリカ人思想家（スインカー）のエマーソンは、「自分自身だけを信じなさい」と言った。これが今のところは、人間世界の真理《トルース》である。人間が仕合《しあわ》せに生きられる根本思想だ。この段階にたどりついたエマーソンの考えが最も大事だ。

〝スピっている〟人々は、こういうことを書いている私に向かって何を今さら、と、思うだろう。彼（女）らは、彼（女）らなりに年季《ねんき》が入っている。しかしエマーソンの苦悩と人生の軌跡と思想を、正確に知る人は今も少ない。この〝自分を信じる〟ということが、私たちはいちばんできない。ここが難しいのだ。スピリチュアルの世界の中でも、人々は彷徨《さまよ》い続けている。私たちは元祖《がんそ》（教祖《グール》ではない）の教えを知ることが大事だ。

スピリチュアリズムとは何か

スピリチュアリズムとは何か？

私が今さらのように、こんなことを書くと、きっとすでに十分にスピリチュアルの世界にいる人たち、特に女性たちに私は嫌われる。

「私、副島隆彦がこれから、スピリチュアリズムについて、私の考えをはっきりと書いて一冊の本にします」と言ったら、「やめてください。あなたはこっちの世界に来ないでください。来てほしくない」と私は言われた。「どうして今ごろそんなことを言い出すの？」と思う人たちもいた。

私は、これまでスピリチュアルの世界（霊魂《スピリット》重視の世界）というものが分からないで、ずっと生きてきた。そして68歳の時に、「理性《リーズン》と合理《ラチオ》（主義）の限界」、

“limit《リミット》 of《オブ》 reason《リーズン》 and《アンド》 ratio《ラチオ》”

「リミット・オブ・リーズン・アンド・ラチオ（レイシオ）」という考えに、40年かけて、ようやく到着した。この件についてはおいおい書いていく。

スピリチュアリズム　spiritualism　のことを知らない私が、急にスピリチュ

アリズムについて「私の考えを書きます」と、だらだらと書き始めたら、スピリチュアルの世界（これを✕《バツ》心霊《しんれい》主義と最近呼ぶようだ。これもダメだ）にずっといて、そこで、それなりに自分の考えを深めてきた人たちから嫌《いや》がられる。

事実、私はそのように何人かの気合いの入ったスピの女性たちから、嫌《きら》われた。

Ⅳ

あらゆる現代思想の源流となったエマーソン

1840年代、社会主義の勃興《ぼっこう》

世界中で、貧しい人々と虐《しいた》げられた人を助けなければいけない、という思想が急激に湧き起こった。これを社会主義（socialism　ソウシアリズム）という。カール・マルクスというドイツ人がこの政治思想（political thought　ポリティカル・ソート）を完成した。この思想《アイデア》が生まれたのは、まさしくエマーソンが活動を始めた1840年代である（36歳）。エマーソンよりも15歳下のマルクスはロンドンで、アメリカから入ってくるエマーソンの本を、通っていた大英博物館の図書館部《ぶ》で読んで感心《かんしん》した。

ヨーロッパとアメリカの西洋白人たちの世界で、この「貧しい者たちを助けよう」という考えが同時に一斉に始まった。その前には、ヨーロッパには、この思想はなかった。この工場労働者たち（職がある）よりも、もっと下の膨大《ぼうだい》な数の貧しい人々（貧民たち）は、そのまま放っておかれた。マルクスも貧民たちのこ

社会主義の大成者カール・マルクス（1818～1883）は、エマーソン（1803～1882）と全くの同時代人《どうじだいじん》である。互いに影響し合った。

プロイセン王国の社会主義者マルクスと『資本論　Das Kapital』（ダス・カピタール　1867年刊）。マルクス49歳の時。

エマーソンが活動を始めた1840年代に、世界中で、「貧しい人々と虐《しいた》げられた人々を助けなければいけない」という社会主義思想が猛然と急激にヨーロッパ全体で湧き起こった。雇われの農業と工場の労働者たちが、1日12時間も働いていた。雇い主は初期の資本家《キャピタリスト》（企業家）たちである。大貴族から農地や工場を借りて（リース）いた。貧しい人々の待遇改善問題を、理論《セオリー》にしたのが、ドイツのカール・マルクスだ。彼もエマーソンの本から影響を受けた。

写真出典：https://en.wikipedia.org/wiki/Karl_Marx
https://en.wikipedia.org/wiki/Das_Kapital

とまでは頭が回らなかった。貧民たちはそれぞれ自分で生きて、短い人生で死んでいった。日本はまだ幕末の頃だ。

それまでは、貧しい人々の存在は、ほったらかしにされていた。都市化が進み農村から都市に流れ込んできた人々で、都市が溢《あふ》れかえった。都会に流れ込めば、餓死しないでなんとか生きてゆける、と考えた。事実そうだった。世界中どこの国でもそうだ。今もそうだ。実は、日本も江戸時代に同じことが起きた。農地が足りないから、飢えた貧農《ひんのう》（小作人《こさくにん》より下の水呑み百姓《みずのみびゃくしょう》）の子供たちは、「餓死するよりはマシだ」と、江戸、京都、大坂《おおさか》に流れ込んだ。このとき、彼らは行方不明者となって村のお寺が管理していた宗旨人別帳《しゅうしにんべつちょう》から外《はず》れたので、非人《ひにん》と呼ばれた。非人は穢多《えた》（部落民、山の民《やまのたみ》）とは違う。

ヨーロッパではこの時代に都市に近代工場がどんどんできた。労働者（従業員）は、1日12時間（朝から晩まで）働かされた。8時から8時までだ。このように働かされて、やっと生活ができた。それでも子供は作る。とにかく子供ができきる。それをプロレタリアート proletariat という。プロレタリアートというのは、種《しゅ》の保存をする人々、という意味である。

農業地帯でも、集団で雇われた農業労働者たちが1日12時間働いた。雇主は、「リース・ホルダー」と言って貴族《ピアーズ》さまから大きな土地を賃借《リース》して、労働者を何百人も使って農作物を作る。そして貴族に借地料《レント》を払う。このリース・ホルダー（農園主）が、初期の資本家《キャピタリスト》（郷紳《きょうしん》、ジェントリー）という階級である。このジエントリーが、アメリカではジェントルマンと呼ばれる人々で商人や企業者（資本家）だ。

このような時代の趨勢《すうせい》で、貧しい人々の待遇改善問題から、社会主義《ソウシアリズム》思想が、１８４０年代に猛然と湧き起こった。それを精密な理論《セオリー》に作り上げたのが、ドイツのカール・マルクスという社会主義《ソウシアリズム》の大成者だ。このマルクスは１０５ページに肖像を載せた通り、エマーソンとまったくの同時《どうじ》代人《だいじん》だ。２人が死んだ年は、たった1年違いだ（エマーソン１８８２年、マルクス１８８３年）。彼らはお互いに書物を通じてその思想を知っていた。

エマーソンから始まった現代思想運動《モダーン・ソート》の数々

エマーソンというアメリカの知識人が、どれぐらい重要かという話を、私はすでに一冊の本の中に書いている。『本当は恐ろしいアメリカの思想と歴史』（秀和システム、2020年3月刊）という本である。その中に、私が自分で苦労して作った一枚の図表を載せた。本書の94～95ページの表にも転載した。この表を見るだけで、エマーソンがどれぐらい幅広く、その後の世界中の多くの思想運動に影響を与えたかが分かる。スピリチュアリズムだけでない。それこそ、ありとあらゆる現代思想《モダーン・ソート》の源流（始まり）に、彼が関わっていることが分かる。

優れた知能の人間は、人間（人類）という生物の苦しみの源泉がどこにあるのか、を探《さぐ》り、見つけ出そうとする。そしてそこから人間が解放されることが大切だと考える。だが、解決策（solution ソリューション）は、まだ誰にも見つけられない。エマーソンでもマルクスでも、である。

それまでの神（ゴッド God 英語。デュー Dieu フランス語。ゴッド Gott ドイツ語。ゼウス Zeus ギリシア語。デウス Deus ローマ、ラテン語）にすがり付いて、助け（救済 サルベーション）を求めるのではなくて、人それぞれが、自己の欲求に従って、幸せに生きることだ。今のところこれしかない。

だから今もラルフ・ウォルドー・エマーソンがアメリカ合衆国で、一番すぐれた知識人だ。ところが、この事実が日本人の知識層にもほとんど知られていない。日本人が知っているアメリカの思想家（政治家）というと、リンカーンか、ジョージ・ワシントン（初代大統領）くらいである。「アメリカの知識人」というと、日本のインテリはバカにする伝統がある。日本の知識層は、フランスやドイツのヨーロッパの知識人の話ばかりしてきた。今もずっと「アメリカに思想家なんているのか？」という感じである。自分たち自身がどんな馬鹿か、という話はしない。私は、日本の知識人層は、東アジアの部族社会《トライバル・ソサエティ》の酋長《しゅうちょう》（tribal dignitaries《トライバル・デイグニタリーズ》族長）たちに仕《つか》える占い師《マジシャン》（呪術師《じゅじゅつし》）だと思っている。

スピリチュアリズムの生みの親

ここまでずっと説明してきたとおり、だからエマーソンが、世界中のスピリチュアリズムの生みの親である。元祖である。他の神懸《かみが》かりの、あれこれの現代の霊媒師《れいばいし》（medium《ミーディアム》）のような連中のことは、どうでもいい。

スピリチュアリズムは、その性質《ネイチュア》から当然、神秘《しんぴ》主義（ミスティシズム mysticism）である。そして、霊魂（soul《ソウル》, spirit《スピリット》）の存在を実体《サブスタンス》として認めるという思想である。スピリチュアリズムは霊《れい》と魂《たましい》の世界を認める。霊魂が降りて来て（降臨《こうりん》して）自分と対話することを中心に置く思想だ。

これを言うと、スピリチュアルは「合理《ラチオ》と理性《リーズン》」という今の中（現在の世界の支配的思想）の考え方とぶつかる。スピリチュアルは、反合理《はんごうり》（主義）、反《はん》理性《りせい》（主義）である。合理《ごうり》と理性《りせい》と科学《かがく》を、当然に自分の考えの基本だ、とする人々はスピリチュアリズムを嫌う。嫌悪《けんお》する。否定する。拒否する。鼻で嗤《わら》う。軽蔑する。嘲笑《ちょうしょう》（嘲《あざけ》り笑う）する。日本の現在の学校教育では、霊魂とスピリチュアリズム及び、運勢占《うらな》い、星占い、恋愛・占《うらな》いを認めていない。それでも女の子たちは、中学生の頃から教室の隅っこで星占《うらな》いと恋愛占いに熱中する。現在では、このスピの女たちの方が、だんだん優勢になって来た。もうスピの女たちは負けていない。次第に堂々として来た。かなり高学歴の頭のいい女たちの中にも、公然とスピリチュアルを自認する者たちが増えている。

昔は、こそこそと中年女や老婆《ろうば》たちが、占い師や霊媒師（口寄《くちよ》せ）の処《ところ》に行っていた。しかし、今では堂々と女たちが、東京大神宮《だいじんぐう》（東京の飯田橋にある）とかで、「いい出会いと結婚ができますように」と拝みに行く。却《かえ》って、合理《ごうり》と理《り》性《せい》と科学《サイエンス》で威張っていた男たちの方が、〝落ちこぼれ〟になりつつある。

アメリカ合衆国は、プロテスタント（新教徒。とりわけユニテリアンという宗派《しゅうは》）が戦って建国した。1776年に独立宣言した（今から247年前）。このあと1783年まで7年間イギリス軍（英国王の軍隊《ロイヤル・アーミー》）と戦った。こういう国だから、キリスト教の神《ゴッド》の存在を認める。公立学校ではキリスト教の教育をしてはいけないが、私立の学校ではそれぞれの宗派のキリスト教の授業がある。

教会の牧師を4年間していたエマーソンは、神《ゴッド》と霊魂《スピリット》の存在を認めている。プロテスタントたちは、霊《スピリット》の中でもとりわけ聖《せい》なる霊《れい》 holy spirit《ホウリー・スピリット》が降《お》りて来て、自分と対話する。じっと手を前に組んで、沈思《ちんし》、黙考《もっこう》すると、自分の頭に聖霊が降《お》りてくる。そして聖霊と対話する。これが今の欧米白人のプロテスタントたちのやり方だ。

教会に日曜日に集まっているとき、牧師あるいは世話役の人（指導者）の掛け声で、「さあ、今から聖霊と交信しましょう」と合図を送る。この時、参会者《クラウド》に、それぞれ自分の「聖霊が降《お》りてくる」。この降霊《こうれい》の儀式は、それまでたくさんあった教会の戒律と儀式を大幅に減らした教団（宗派）でも行なっている。彼らは今もこのように毎回、聖霊との交信をやっている。

神学者でクリスチャンの佐藤優さんがはっきり言った（第1章の続き）。私に教えてくれた。一応、説教《せっきょう》（プリーチ preach）は、牧師《パスター》がいない場合は、代表者（世話役さん）がやる。けれどもその説教の途中でも、ふっと「では、それぞれ自分の霊、聖霊とお話ししましょう」と言うと、それぞれ両手を結んでテーブルに置いて、じっと下をうつむいて聖霊との交信に熱中するのである。それだけだ。今の欧米のキリスト教はこのようになっている。自分とホウリー・スピリット（holy spirit）、聖なるスピリットとの対話。これだけだ。毎回これをするらしい。

自分のスピリットに何を聞いてもいいし、何を話してもいい。相談してもいい。

自分と自分の聖霊との話し合いだけだ。だから霊が降りてくる（降臨《こうりん》）というコトバを使う。ふっと自分の目の前に霊が現れるのだ。

これが、いまのヨーロッパのプロテスタントたちの本当の生き方だ。突き詰めるともう教会という建物は要らない。偉そうなお坊さまの話も要らない。要らないと言ったら本当に要らない。

アメリカに、ラインホルド・ニーバー（Reinhold Niebuhr　1892〜1971）という人気のあった偉いプロテスタントの神学者がいた。同じような感じでドイツには、カール・バルト（Karl Barth　1886〜1968　正確にはスイス人）という、〝バルト神学〟で有名な、やはり偉い神学者がいる。彼らは神学者（セオロジスト）であるが、お坊さま（牧師）ではない。着ているものも普段着の上着とシャツだ。この人たちが実践しているのが、現代のキリスト教だ。エマーソンからずっと繋がっている思想だ。もう教会は要らない。お坊さまも要らない。自分と聖霊との話し合い、対話だけで、人間は生きていけばいい、という

キリスト教のthe《ザ》 Trinity《トリニティ》（三位一体《さんみいったい》説。神《ゴッド》は3つで1つ）を表した図。伝統的なアタナシウス派が4世紀に作っただけのもの。

デウス　本当はギリシアの大神Zeus《ゼウス》から泥棒した。

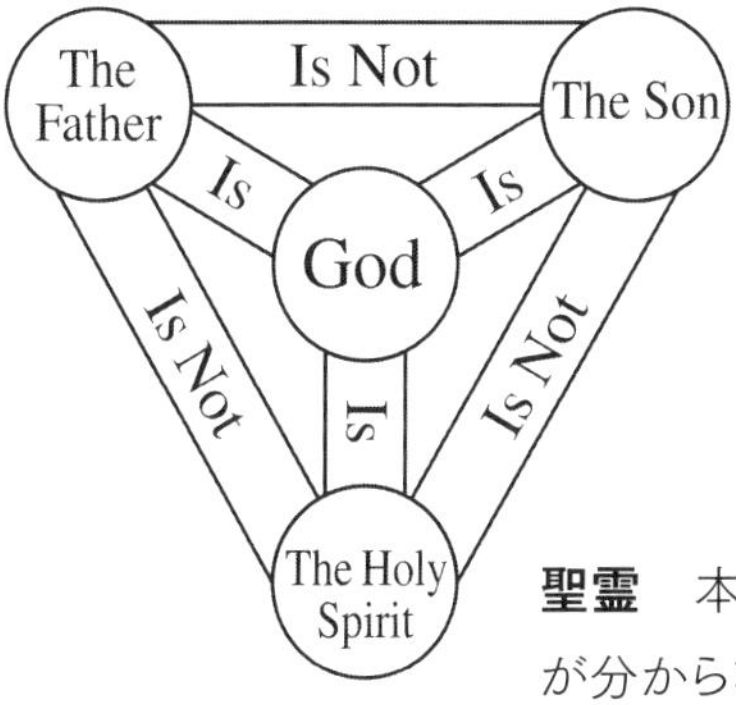

イエス　Jesusという人間の男。

聖霊　本当は訳《わけ》が分からない。

天（父）Pater（パテル）＝The Fatherと、子（イエス）Firius（フィリウス）＝The Sonと、聖霊＝The Holy Spiritの3つが一体で、唯一神（God）であるという教義。プロテスタントたちは、このうちの聖霊を自分の分身と考えるようになった。

出典：https://en.wikipedia.org/wiki/Trinity

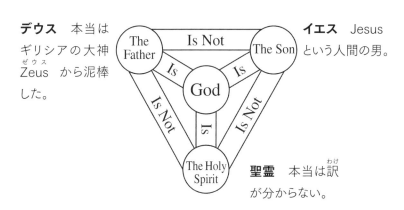

ところまで来ている。私もこれがいいと思う。

　佐藤優さんも言っていたように、大事なのは霊魂と自分の対話だけだ。この生き方を日本人もすればいい。だから宗教団体は要らない。大きな信者の団体も要らない。日本人もそろそろこのことを分かったほうがいい。

　キリスト教は、神《デウス》（天）について三位一体《さんみいったい》（トリニティ）という大理論を作った。西暦325年のニカイア会議（ニケーア信条）で決めた。カトリックの僧侶たちが、ローマ貴族だけでなくローマ皇帝までも洗脳（折伏《しゃくぶく》、入信）するようになった。この三位一体説は、神は「天《パテル》（父）と子《フィリウス》（イエス）と聖霊《スピリス・サテ》」の3つからなっているとする（アタナシウス派の思想）。なんだか奇妙な理論《セオリー》だ。天《デウス》（父《ファーザー》）とその子イエスと3つ目に、聖霊（ホウリー・スピリット）がくる。この聖霊が実は何なのか分からない。

　天（父）とイエス（子）と、自分が直接交信するのはちょっと畏《おそ》れ多いと感じるらしくて、平《ひら》信徒（レイマン）のキリスト教徒たちは、もっぱら3つ目の聖霊と対話する。この流れで、現代のプロテスタントの信仰は成り立っているようだ。

デカルトの二元論《デュアリズム》と霊魂（思考）の大切な話

エマーソンの思想が生まれる前に、彼よりも200年前にヨーロッパの大《だい》思想家たちが、この霊魂《れいこん》にたどりついた重要な歴史がある。それを私が119ページで一枚の図表にまとめた。

世界は何で出来ているか。この世は何で出来ているか。このことを説明しようとして、大思想家たちは格闘した。

物質と霊魂。この2つだけで世界は出来ている。このことをはっきりと断言したルネ・デカルト（1596～1650）が一番、偉かった。やはり、デカルトが何と言ってもヨーロッパ近代哲学で最大の思想家だ。彼よりも後のカントもヘーゲルもマルクスも、デカルトと同じ思想の流派である。即ち、神《ゴッド》の否定である。

1637年刊の、『方法序説《ほうほうじょせつ》』"Discours de la méthode"「ディスクール・ド・ラ・メトード」という本の「まえがき（ディスコース）」でデカルトはこのことを書いた。「この世は、物質（マテリエール）と霊魂（エスプリ、スピリット）だけで出来ている」と書いた。「だから神《デュー》はもう要《い》らない」とまでは、はっきり書かなかった。書かなかったのだが、そう言っているのとほとんど同じだ。世界の構成要素に、神の居場所はない。

そうしたら、デカルトは招待先のスウェーデン王宮でヒ素を飲まされて殺されてしまった（1650年2月11日。53歳）。殺したのは、ローマ・カトリック教会の司教《ビショップ》（神父《ファーザー》より上の地位）である。「もう神は要《い》らない」と言ってしまったデカルトへのカトリックからの憎しみと恐怖はものすごいものだったのだ。デカルトは、ルターの宗教改革（1517年）から80年あとに生まれている人だ。まだまだローマ・カトリック教会が世界を支配していた。プロテスタントの勢力はまだ力が足りない。

スピリチュアリズムは、神秘《しんぴ》主義と「霊魂《れいこん》」の存在を認める思想。この世は物質《マター》と霊魂《スピリット》だけでできている、と、デカルトを筆頭に大《だい》思想家たちは辿り着いた。即ち、神は要らない。

この世は2つで出来ている　**物　質** と **霊魂（思考）**

2元論《デュアリズム》 である	**matter《マター》** 物質	と and **soul《ソウル》、spirit《スピリット》 = mind《マインド》** 霊、魂《たましい》　霊魂　思考、知能
古代ギリシア哲学の **アリストテレス** は	**hyle《ヒューレ》** 質料《しつりょう》 **Physica《フィジカ》, Metaphysica《メタフィジカ》** 形あるもの、△自然界　形をなす前の基礎、土台　×形而上学《けいじじょう》	**eidos《エイドス》** 形相《けいそう》　幻影 先生のプラトンのidea《(ア)イデア》もここに入る。たとえば「こういう家を建てたい」という形相が完成したその家に入っている。これがeidos = ideaだ。
ヨーロッパ近代哲学の **デカルト**（仏）は 物質霊魂2元論（×心身2元論は間違い訳）	**materiel《マテリエ》** 仏語では「精神と体」 ‘l’esprit et corps’ 人間の身体　(corps《コルプス》)＝(body《ボディ》)	と et **l’esprit《エスプリ》 = spirit《スピリット》** 霊、魂、霊魂 cf.l’ame
現代の英語では	**matter《マター》** 物質 material《マテリアル》, physical《フィジカル》	**mind《マインド》** 思考、知能、精神 （×心ではない）
カント（独）は **理性**（Vernunft《フェアヌンフト》、reason《リーズン》、raison《レゾン》）と **合理**（Ratio《ラティオ》、ratio《レイシオ》）	**Material《マテリアール》**　物質 ‖ Gegenstand《ゲーゲンシュタント》 ‘Leib《ライブ》 und《ウント》 Seele《ゼーレ》’　「肉体と精神」	と und **Geist《ガイスト》** 精神、思考、知能 ‖ Seele《ゼーレ》　Gespenst《ゲシュペンスト》 霊、魂　幽（亡）霊、幻影
ヘーゲル は **マルクス** は	・・・・・ **Materialismus《マテリアリスムス》** 物質（だけ）主義　唯物論《ゆいぶつろん》 ×形而上学《けいじじょう》	**Weltgeist《ヴェルトガイスト》**　世界精神 ↓ **Geist**　精神 ‖ **ghost《ゴースト》**　幽霊、妖怪、お化け 「共産主義という霊魂《ガイスト》（精神、妖怪）が世界をうろついている」

この体系図を副島隆彦が初めて大きく明らかにした。

デカルトのあとの大思想家のカント（１７２４～１８０４）もヘーゲル（１７７０～１８３１）もマルクス（１８１８～１８８３）も、大きくはデカルトの弟子である。私はもうここまで言えるようになった。私の日本知識人人生の50年がかかっている。

デカルトが最初にたどりついたのが２元論《デュアリズム》。世界は、物質《マター》と霊魂《スピリット》（思考）だけから出来ている、という２元論。それ以外は存在しない。これが人類にとって決定的に重大な大思想である。「この世は materiel《マテリエ》、物質と l'esprit《エスプリ》（＝spirit スピリチュアル、霊魂）でできている」という、たったこれだけだ。

デカルトよりずっと前、古代ギリシアはオリュンポスの12神《じゅうにしん》で、全部で80人ぐらいの神がいた。古代ギリシアの、大《だい》哲学者のアリストテレス（前３８４～前３２２）が、「この世は hyle《ヒューレ》（物質、マテリエール、マター）と eidos《エイドス》（幻影、幻、霊魂）で出来ている」とさすがに大きく見抜いていた。だからアリストテレスに連《つら》なるデカルトがえらい。これ以上、難しい話はこの本ではしません。もうこれで決まりだ。

　ところが、今の日本では、フランス語のl'esprit　レ（エ）スプリというと、日本のインテリ階級は、「フランス人の気の利いた言葉や生き方」ぐらいに思っている。「英語ではウイット（wit　機知《きち》）と言うんだよね」とか、そういうことばっかり言い続けて100年が経《た》った。l'esprit　レ（エ）スプリ　は、英語のspirit スピリットと同じで、霊魂のことなのだ。

　このようにヨーロッパの大《だい》思想家たちは、「世界は物質と霊魂の2つ（二元論）で出来ている」と見抜いた。そして、このl'esprit《エスプリ》＝（spirit、スピリチュアル、霊魂）をもっともっと追究すると一体、何なのか。

　それを私、副島隆彦が、日本で初めて解明した。この「霊魂、スピリット」とは、それはintellect・インテレクト＝（知能・思考）のことなのだ。あるいは、＝mind　マインド「考える」ということだ。霊魂《スピリット》は、現代ではintellect《インテレクト》、mind《マインド》のことだ。これらには、重さ《ウエイト》、物理学で言う質量《しつりょう》mass《マス》がない。それに対して、物質（マテリエール。英語でいうとmatter　マター）には必ず重さ（質量）がある。必ず無いといけない。

たとえば、日本のカミオカンデで見つかったことになっている素粒子の中でも一番小さな「ニュートリノ」というものも、重さがないと物質といえない。そして、電子望遠鏡とか写真機に写っていないと、物質（マター、もの）であることの証明とはならない。

霊魂（スピリチュアル）の方は、幻影、幻、もっと言えば、おばけ、幽霊だ。ドイツ語では霊魂をGeist　ガイストという。ガイストは、普通は、これを精神《せいしん》と訳す。精神《ガイスト》と訳したものだから、この100年、ガイスト　Geist ＝ l'esprit（フランス語）、spirit（英語）が霊魂そして更には、思考、知能なのだ。ということが日本人は分からなくなったのだ。本当に、何をやって来たんでしょう。日本のインテリたちは。私はひとりで呆れかえる。映画「ポルターガイスト」（1982年）で日本人にもガイストが霊魂、亡霊だと分かる。

考える、知能は、英語でインテレクト（intellect）という。それに対してインテリジェンス（情報）はスパイ活動のことだ。インテレクチュアルズというのが知識人だ。これをロシア語でインテリゲンツィアと言う。ドイツ語とフランス語ではインテレクトゥエーレンと言うそうだ。今でも「インテリゲンちゃん」で通用しているのではないか。

再々度、書くが、インテレクト（知能、思考）には、「重さ」がない。だから物質ではない。だから二元論なのだから、反対側は霊魂なのだ。

だから、l'esprit《レ(エ)スプリ》＝spirit（スピリチュアル、霊魂）、ギリシャ哲学で言うeidos《エイドス》の中に、人間の知能、思考も入っている。このことをなんとか分かってください。この世は、物質と霊魂（思考）の２つしかないのだ。このことをはっきり言い切ったのは、明治から１６０年間で、日本では私が初めてだ。私の大《だい》業績だ。

霊魂は、知能と思考である。

だから、デカルトが最大級に偉大なのは、「私が考えた。だから私は存在する」

“Cogito, ergo sum”

「コギト・エルゴ・スム」と言った。たった一行のこの言葉にこの世で、一番大事なことが全て詰まっている。大変有名な言葉として世界中で、今も言われる。ところが、この1行の偉大な文（センテンス）の真の意味を日本では、おそらくこの私以外は、まだ知らないだろう。コギトとは、I think「私は考える」の意味だ。そして、

“I think therefore《ゼアフォー》 I《アイ》 am《アム》.”

の therefore I am は、

「それ故に、私はここにいる」という意味だ。

つまり、「私が存在するのは、私が考える（思考する）」からだ。それ以外でない。「神様が私を生んでくれたとか、神に導かれたとか、そういうバカなことを言うな」という話だ。「考えている私が、ここにいる」。人間は考えること（思考）が重要だ。そしてこの思考（考えること）には重さがない。思考《インテレクト》（知能）は、人間の頭（ヘッド）の中の頭蓋骨《ずがいこつ》（スカル）の中の脳（ブレイン）の中に、有《あ》る。有るものである。しかし物質（マテリエール）ではない。

だから、ここから、さーっとエマーソンに戻るが、「自分だけを信じなさい」（自己信頼《じこしんらい》）ということだ。人類は長い間、宗教によって余計なことばかり教えられて、ウソばかりを教えられてきた。そんなものを信じる必要はない、ということだ。「コギト・エルゴ・スム」という偉大な真実をはっきり言葉にしたデカルトが偉大なのだ。

日本の戦前の旧制高校《きゅうせいこうこう》で流行っていた学生歌（寮歌《りょうか》）に、「デカンショ節《ぶし》」というのが有った。「デカンショ」とは、「デカルト、カント、ショーペンハウエル」の略称《りゃくしょう》だ。「♪デカンショ、デカンショ（のドイツ語の厳しい授業で）で半年暮らす。あとの半年ゃ寝て暮らす～。ヨーイ、ヨーイ（これでよし、よし）デッカンショー」と歌っていた。

そして、ここにデカルト、カントと共に出てくるショーペンハウエル（独　1788～1860）が、だからエマーソン（米　1803～1882）と繋がっている。イギリスの大《だい》評論家のカーライル（英　1795～1881）を通《つう》じて、互いに手紙（書簡）で思想を伝えあった。カーライルは、〝チェルシーの賢人〟といわれた。夏目漱石がこのカーライルの住居跡の記念館を訪れて書いたすばらしい文がある。この3人よりも、少し下の世代にニーチェ（1844～190

0）がいる。ニーチェは若い頃、ずっとショーペンハウエルに心酔していた。デカルトから繋がる、これらの大《だい》思想家たちの、思想の本髄《ほんずい》は一言《ひとこと》でまとめることができる。それは「キリスト教なんか信じるな。教会（牧師）なんか要らない」である。

エマーソンは、自分が若い時、牧師を4年間やって、嫌になった。だから「自分だけを信じて生きなさい」と演説して回った。教会の説教師《プリーチャー》が演説家《スピーカー》になって、評判が立って、あっちこっち講演に呼ばれて全米《ぜんべい》各地を回った。演説でごはんを食べた。自分の本も売れた。言行一致《げんこういっち》だ。偉い。

カントの「超越《ちょうえつ》主義（トランセンデンタリズム）」と全く同じ

エマーソンのスピリチュアリズムは、実は、ドイツの大《だい》哲学者のイマヌエル・カントが言った transzendental《トランツェンデンタール》（英語では transcendental《トランセンデンタル》）のことだ。私は長い間考え続けて、ようやくこの結論に到達した。エマーソンは自分の思想をトランセンデンタリズムだ、と公言してきた。本書の45ページのエマーソンの人物紹介の文の中にも書いてある。トランセンデンタールは、普通は「超越的《ちょうえつてき》」と訳す。このカントの「超越的」という難しい言葉をめぐって、日本の哲学者たちは、この100年間ずっと苦しんできた。彼らには、遂にカントが分からなかった。今も。

この「超越主義」（Transcendentalism、トランセンデンタリズム）とは何か。それは、合理《ラチオ》と理性《リーズン》で、どこまで追い詰めていっても、どうしても人間世界の謎は解明できない。合理と理性ではどうやっても解決できないことがある。だ

エマーソンのスピリチュアリズムは、カント(1724〜1804)が唱えた超越主義(トランセンデンタリズム)と全く同じだ。

ドイツの大哲学者
イマヌエル・カント
(1724〜1804)

カント著『純粋《じゅんすい》理《り》性《せい》批判』(1781年刊)。この本で、カントのことを合理(ラチオ)と理性(フェアヌンフト)一点張りの人だ、と皆が誤解した。そうではない。

「**超越《ちょうえつ》主義**」とは、

合理《ラチオ》と理性《リーズン》ではどうしても解決できない人間世界の謎を、「エイ、ヤーッ」と一気に高く飛び越《こ》えて(トランセンデントして)、霊《ソウル》と霊魂《スピリット》の存在を認める思想である。

写真出典：https://en.wikipedia.org/wiki/Immanuel_Kant

から霊《ソウル》と霊魂《スピリット》の存在を、どうしても私たちは、認める必要がある。ここは、「エイ、ヤーッ」と、一気に高く飛び上がって超《こ》える（超越する）しかないのだ。このようにカントが踏ん切りをつけて言い切ったときに生まれた言葉だ。カントは若い頃にスウェーデンボルグというスウェーデン人の奇妙な神秘主義者（心霊現象研究家）の著作に、嵌《は》まっていた頃がある。だからイマヌエル・カントは、ただの、合理と理性ばっかりの思想家ではないのだ。日本人のガチガチの勉強秀才の東大出のアホの哲学者たちには、このことが理解できない。ホントに、ご苦労さんなことである。

それよりは、もっと楽になって、霊魂を認めて、彼らも、星占《うらな》いや運勢占いをするようになればいいのだ。

このように超越《トランセンデンタル》的というのは、スピリチュアル（精神、霊魂の世界を認める）、と同じことなのだ。アメリカ人のエマーソンは、そのようにドイツ人のカントの哲学（思想）を、ドイツ語で自分で、読んで摑《つか》んだ。故に、超越的（飛び越える。トランセンド transcend する）とは、物質世界《マテリアル》だけでは絶対に解決しない、霊的世界《スピリチュアル》を認めることである。それがスピリチュアリズムである。

農地解放思想　搾取は人を幸せにしない

エマーソンは前述した通り、たくさんの現代思想《モダーン・ソート》の誕生（出発）に関わっている。第三章の94〜95ページの見開き2ページの表にした通りである。

このうちの2番目であるスピリチュアリズムの肯定（図の**2**）。

その次に、農地解放運動を支持した（図の**4**）。「大地主たちは、小作人《ペザント》、あるいは農奴《サーフ》という形で、農民を搾取 exploitation《エクスプロイテイション》して自分たちが大きな利益を取るという考え方はやめなさい」という思想だ。この農地解放は、日本では敗戦（1945年）で、マッカーサー司令部（軍政）による「自作農創出法《じさくのうそうしゅつ》」（1946年）で、うまくいった。600万人の小作人が自分の農地を所有した。しかし世界中の多くの国では、今も農地解放はできていない。インドや南米諸国やアフリカでは、今も大地主制度が残っていて、これが世界民衆を苦しめている。このことは案外知られていない。今の世界の大きなタブーだ。何故、今も南米と南アジアとアフリカが貧しいのか。本当のことをテレビ、新聞が書かない。

当時のエマーソンは自分の土地を持てない農民たちを応援した。集団農場運動を推進し、理想主義（アイデアリズム）を唱えた人たちがエマーソンの周りにいた。しかし市場経済がまだ発達していなかったから、この人々は、あまりうまくいかなかった。

エマーソンが本に書いた農地解放の思想が、やがて、ロシアのレフ・トルストイ（Lev Tolstoy　1828〜1910　82歳で死）と、インドのマハトマ・ガンジー（Mahatma Gandhi　1869〜1948　78歳で死）に伝わった。トルストイもガンジーも、エマーソンの本を熱心に読んだ。トルストイの農地解放思想は、日本の有島武郎《ありしまたけお》や徳冨蘆花《とくとみろか》や武者小路実篤《むしゃのこうじさねあつ》らに大きな影響を与えた。

エマーソンの「農地解放」の思想が、ロシアのトルストイとインドのガンジーに伝わった。エマーソンの方が先なのだ。

レフ・トルストイ
(1828〜1910)
82歳で死

マハトマ・ガンジー
(1869〜1948)
78歳で死

トルストイもガンジーも、エマーソンの本を熱心に読んだ。トルストイの「農奴解放」、ガンジーの「非所有」の考えは、人類にとって重要だ。トルストイの農地解放は、日本の有島武郎《ありしまたけお》や徳冨蘆花《とくとみろか》らに大きな影響を与えた。

写真出典： http:// ja.wikipedia.org/wiki/ レフ・トルストイ
https://en.wikipedia.org/wiki/Mahatma_Gandhi

菜食主義とヒッピー運動　強欲は世界を破滅させる

「菜食主義《さいしょく》」（ベジタリアン）という思想もエマーソンから始まった（95ページ図の❺）。これがベジタリアン運動の始まりで、「なるべく肉を食べない。動物をたくさん殺して食べるのはよくないことだ」という思想が生まれた。

この流れである「ヒッピー運動」もエマーソンが源流である（95ページ図の❻）。今から60年ぐらい前、1960年代にベトナム反戦運動があった頃に大きく盛り上がった。若者たちが麻薬を吸ったり集団生活をしたりしながら微兵制《ドラフト》反対の運動をやった。ビートルズと同時代のロックンロールの音楽と一緒になって、既存の体制に反対する若者たちの運動が起きた。大学を出て大きな会社に勤めるとか、出世して金持ちになるという考え方を否定した。

「自由な生き方をする」という思想が、ヒッピー運動であった。今もサンフランシスコの高台の上の、ヘイトアシュベリーという地区には、その残党たちが暮ら

1960年代半ばにアメリカで始まったヒッピー運動は、ソロー著の『森の生活』(1854年刊)に触発された。エマーソンが親友だった。

1960年代にアメリカでベトナム反戦運動があって、そして世界中で若者たちが、徴兵制(ドラフト)反対、強欲拝金《はいきん》主義反対、ラブ＆ピースの運動をやった。ロックンロールの音楽と大麻で、既存の体制に反抗した。

写真出典：getty images

している。私は見に行ったことがある。そこを下《くだ》るとカリフォルニア大学バークレー校である。ここが反戦運動の拠点だった。しかし裏ではきちんとアメリカ政府の軍事開発の研究をしていた。

ヒッピー運動は、「ニューエイジ」New Age とか、新しい思想を推し進めるという意味で「ニュー・ソート・ムーブメント」New Thought Movement にもなった。

エマーソンの親友に、ヘンリー・デイヴィッド・ソロー（Henry David Thoreau、1817〜1862）という文学者がいた。彼は1854年に『ウォールデン 森の生活』"WALDEN ; or, Life in the Woods" という本を書いた。このソローの『森の生活』がヒッピー運動の原点で、元祖だとされる。

タイトルのウォールデン Walden というのは、ボストンのハーヴァード大学のそばの土地だ。「森の暮らし」といってもロッキー山脈のような山の中ではない。針葉樹が茂る平地のウォールデン湖のほとりに小屋を建て、農業をやりなが

エマーソンの親友だったデイヴィッド・ソロー（1817〜1862）が書いた『ウォールデン森の生活』“WALDEN《ウォールデン》；or，Life《ライフ》 in《イン》 the《ザ》 Woods《ウッズ》”（1854年刊）がヒッピー運動の原点である。

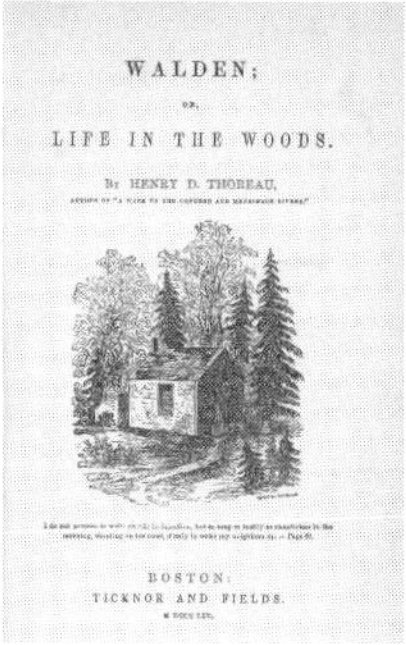

ソロー（上）と、『ウォールデン森の生活』表紙（右下）、現在のウォールデン湖（右上）。

1850年代に、キリスト教会の締め付けが効かなくなって、アメリカは資本主義で元気いっぱいだった。そうした強欲主義と出世《しゅっせ》主義を礼賛するだけではいけない。「人間は自然と調和しながら生きていかねばならない」という思想が出現した。エマーソンが始めた思想だ。親友ソローからも当然、影響された。

写真出典：https://en.wikipedia.org/wiki/Henry_David_Thoreau

ら静かに一人で暮らしました、という話だ。

金儲《かねもう》けの精神を卑《いや》しいことだと教えるキリスト教会の影響力が落ちて、アメリカは激しく隆盛する資本主義で、元気いっぱいだった。それでも、この１８５０年代に、強欲《ごうよく》主義と出世《しゅっせ》主義の資本主義を礼賛するだけではいけない、という思想が早くも出現した。

「人間は自然環境を守って、自然と調和しながら生きていかなければいけない」という思想だ。これは、95ページ図の8の、「環境保護運動（エンヴァイロンメンタリズム）」につながる。エマーソンの周りには、前述した図の4の集団農場運動を始めた人たちもいた。

エマーソンは、自由な性欲、と同性愛も認める。現在のLGBTの元祖だ。この影響を、ホイットマンもホーソーンも、サリンジャーも受けている。

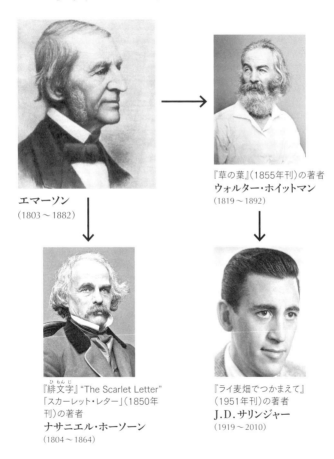

エマーソン
(1803～1882)

『草の葉』(1855年刊)の著者
ウォルター・ホイットマン
(1819～1892)

『緋文字《ひもんじ》』"The Scarlet Letter"
「スカーレット・レター」(1850年刊)の著者
ナサニエル・ホーソーン
(1804～1864)

『ライ麦畑でつかまえて』
(1951年刊)の著者
J.D.サリンジャー
(1919～2010)

出典：https://en.wikipedia.org/wiki/Walt_Whitman
https://en.wikipedia.org/wiki/Nathaniel_Hawthorne
https://en.wikipedia.org/wiki/J._D._Salinger

性の解放　セックスは罪ではない

さらに、エマーソンは今の同性愛者たちのLGBT《エルジービーティー》の元祖でもある（94ページ図の**9**）。ヒッピー運動と同時に出てきたのが「性の解放」だ。「女性の性欲も認めよう」と、「男女の自由な性欲を解放しよう」を、公然と主張する人々が出てきた。

ウォルター・ホイットマン Walter Whitman（1819～1892）という文学者が、1885年に『草の葉』"Leaves of Grass"という詩集を書いた。男女のエロスの愛を全編に表現した詩集で、今でもアメリカ国民に愛誦されている。ホイットマンは、エマーソンの屋敷に居候《いそうろう》していた。

この流れが、J・D・サリンジャー Jerome David Salinger（1919～2010）の小説。サリンジャーは1951年に"The Catcher in the Rye"という小説を書いた。この「キャッチャー・イン・ザ・ライ」は、長い間『ライ麦畑でつかまえて』という日本語書名になっている。

分かりやすく訳せば、「どうぞ私（女の子）をライ麦畑の中でつかまえて。そしてそこで楽しくセックスをしましょう」という意味だ。こういうアメリカ的な性欲小説やホモセクシュアリティの話も、エマーソン時代が始まりである。

ナサニエル・ホーソーン Nathaniel Hawthorne 著の『緋文字《ひもんじ》』"The《ザ》 Scarlet《スカーレット》 Letter《レター》"（1850年刊）は、今も日本でも読まれているアメリカ小説だ。私生児《バスタード》を産んだことで有罪判決を受けた主人公のヘスター・ブリンは、緋文字（赤い文字）のA（姦淫の罪 adultery《アダルテリー》）を自分の服に縫い付けることを義務付けられた。ヘスターは子供の父親の名前を、裁判の間も絶対に言わなかった。しかし最後の場面で、「それは牧師さんです」と告白した。

このホーソーンもエマーソンの親友で、ホーソーンが死んだときにはエマーソンも棺《ひつぎ》を担いだ（1864年）。

社会福祉運動と社会主義思想　貧困はよくない

社会福祉運動すなわち、貧しい人々を助けましょうという「社会改良《かいりょう》運動」は、新時代のキリスト教の中から始まった（94ページ図の⓬）。エマーソンはこの社会改良《かいりょう》主義者であり、「不幸な境遇の貧しい人たちを実際に助けなければいけない」という思想だ。

特に当時、売春婦に身を落としていた女性たちが、町はずれにある売春宿whore house《ホアハウス》に、お金（借金）で縛《しば》られて売られて来ていた。この逃げられない女の人たちを助けようという運動が各地で起きた。廃娼《はいしょう》運動という。これもエマーソンたちが言い出したことである。明治大正の日本に伝わった。

社会改良（改善）運動は、ヨーロッパで１８４０年代から「空想的社会主義」Utopian Socialism（ユートピアン　ソウシアリズム）という思想となって表れた。これがやがて科学的な scientific《サイエンティフィック》 社会主義思想 Socialism《ソウシアリズム》 になっていく

「貧しい人々を助けよう」というエマーソンらの運動は、「空想的社会主義」となり、「社会主義思想」に移っていく。

1840年代　社会改良運動

「貧しい人を助けましょう」という社会福祉運動は、新時代のキリスト教の中から始まった。エマーソン（1803～1882）は社会改良主義者。

↓

同じく1840年代に表出

空想的社会主義
Utopian Socialism

シャルル・フーリエ（1772～1837）に代表されるユートピア社会主義。理想だけで現実性なし。初期の社会主義思想の総称。19世紀後期に現れたマルクスによって批判された。しかし……。

↓

1880年代に表出

社会主義思想
Socialism

マルクスの同志フリードリヒ・エンゲルス（1820～1895）の『空想から科学へ』（1880年刊）で、科学的社会主義の世界観である「まず工場労働者の待遇を良くしよう」が確立した。これ以上のことはできなかった。

出典：https://en.wikipedia.org/wiki/Charles_Fourier
https://en.wikipedia.org/wiki/Friedrich_Engels

（94ページ図の⑬）。ところが、何が科学的《サイエンティフィック》なのか、今でも分からない。このマルクス主義の思想が作った、ロシア（ソビエト　1917年）と中国で社会主義は、その後の丁度100年間、大変、悲惨なことになったからだ。このロシアと中国での2つの人類の大《だい》実験は一旦《いったん》、大失敗した。このあと人類は、次の方策を考えている。社会主義《ソウシアリズム》のもう一つの変種が共産主義 communism《コミュニズム》である。これは、1917年ロシア革命（ソビエトの誕生）からあとは、世界中でヒドく嫌われた。

この共産主義思想は、今も世界中でキリスト教徒や保守派の金持ちや経営者たちからヒドく嫌われている。あれこれ、その後、世界中でたくさんの事件が起きたが、その説明はここではとてもできない。

「貧しい人や恵まれない人々を助けよう」という運動そのものは、正しいに決まっている。だから、永遠になくならない。ただし、それを、いつ、どこまで実現できるのかとなったときに問題となる。人類（人間）は、今もここのところで立ち止まって考え込んでいる。

ユニテリアン（キリスト教で一番、急進的なプロテスタントの一派）は社会主義者《ソウシアリスト》になってしまった。

「人はキリスト教徒でなくても救済（サルヴェーション）される」

ユニテリアン思想家のエマーソンの思想は社会改良運動にまで進んだ。そのために主流派のユニテリアンたちから嫌われて、追い出された。

↓

自分たちがプロテスタント諸派の一つのキリスト教徒なのか、自分たちでも分からなくなった。ついに、

「自分たちは社会主義者《ソウシアリスト》である」

と言い出す者たちがたくさん出て来た。

チャプレン（従軍《じゅうぐん》牧師）になるのは、今もほとんどがユニテリアン牧師。

写真出典：getty images

ユニテリアンの特殊さ

社会主義思想というのは、このようにエマーソンも所属した、ユニテリアン Unitarian というキリスト教のプロテスタントの特異な一派から生まれたのである。このユニテリアン Unitarian の話をし出すとちょっと大変だ。私は佐藤優《まさる》氏（同志社大学神学部大学院［ディヴィニティ・スクール］を卒業して、外務省のロシア局職員になった人。その後、作家、神学者《セオロジスト》）と、このユニテリアン問題について深く論じている。私たち2人の対談本である『ウイルスが変えた世界の構造』（日本文芸社、2020年12月刊）の後半部分である。

実は、同志社大学もハーヴァード大学と同じ、ユニテリアンが作った大学なのである。ユニテリアン教会の修道院（アビー）が土台となってできている大学である。そしてエマーソンがこのハーヴァード大学の神学部《ディヴィニティ》を卒業した牧師《パスター》だったことは、何度も説明した。

ユニテリアンは、キリスト教プロテスタントの中で、いちばん改革が進んでいる宗派《セクト》である。他のカルヴァン派（長老派《プレズビテリアン》）や、メソジストやバプティスト、福音《ふくいん》派（エヴァンジェリスト）と比べて格段に進歩的であり、革新的である。

なぜなら、「イエスは人間であり一人の男である」と断言する。だから、前述（115ページ）した「父（天）と子イエスと聖霊（ホウリー・スピリット）の3つでセットで神《ゴッド》である」とする三位一体《トリニティ》を否定する。だからユニ（神は単一《たんいつ》）テリアニズムである。

ハーヴァード大学出のユニテリアンの急進派（ラジカル）であるエマーソンは、「キリスト教徒《クリスチャン》でなくても救済（サルヴェーション）される」というところにまで進んだ。だから、エマーソンはハーヴァード大学の主流派のユニテリアンたちから嫌われて絶縁《ぜつえん》（エクスコミュニケイト、破門《はもん》）された。だが40年後にハーヴァード大学の理事会《ボード》の方が、「私たちの方が間違っていた」とエマーソンに謝罪した。だから今ではハーヴァード大学の中に、エマーソン・ホールという建物ができている。エマーソンの思想が正しかった、と、なったのだ。

この考えを「万人司祭《ばんにんしさい》」と言う。すべての人が牧師（司祭）であり、世界中のどんな宗教にもかかわらず、すべての人が救済される、と主張して現在に至る。

この立場を95ページ図の**1**の、ユニヴァーサリスト（普遍《ふへん》主義者）と言う。

ユニテリアンと理神論《ディイズム》

この「すべての人間が救われる」思想にまでなってしまったユニテリアン急進派は、実は、もうキリスト教のプロテスタントの諸派《セクト》の中の一つであることから出て行った。ユニテリアンたちの中から、自分たちは社会主義者《ソウシアリスト》（米民主党《デモクラット》の左派《レフト》）である、と言ってキリスト教徒《クリスチャン》であることを限りなく小さくしてしまった。

キリスト教の中に残ったユニテリアンは、組合《くみあい》教会（コングリゲイショナリスト）という名の、プロテスタントの中の小さな派になっている。
それでも、ユニテリアン教会は全米各地にある。特に米軍の従軍《じゅうぐん》牧師（チャプレン）になるのは今もほとんどユニテリアン牧師である。組合教会＝会衆《かいしゅう》派は、牧師という職業的な僧侶《そうりょ》を持たない。世話役が指導者である。職業としての僧侶は、どうしても信者たちに金銭的に負担をかける。それとどうしても教会官僚主義となり腐敗が生まれるからだ。お坊さまの存在そのものが悪だ、とユニテリアンは気づいた。このことが何よりもスゴいことなのだ。だからお坊さま（僧侶）はもう要《い》らない。どんな宗教であれ。

だから社会改良主義の方へ行ってしまったエマーソンのようなユニテリアンたちは、もう教会に行かなくなった。彼らは、「私は神の存在を否定する」という無神論《むしんろん》（atheism　エイシズム）にまでは行き着かない。その一歩手前の、理神《りしん》論《ろん》（deism　デイズム）のところで止まっている。理神論《デイズム》は、「神の存在を疑う」である。

1630年代のデカルトも、1750年代のカントも、みんなこの deism《デイズム》だ。今も世界中でこの「私は神の存在を完全に否定はしないが、強く疑う」という、理神論《デイズム》の立場が欧米白人たちの間で強くなっている。ヨーロッパ人は、すでにほとんどがこの理神論者《デイスト》である。

彼らはもう教会に礼拝《れいはい》に通うことをしない。ヨーロッパ人よりもアメリカ人の方がまだ教会に行く。キリスト教会はどんどん人気、すなわち人気《ひとけ》がなくなりつつある。日本も仏教のお寺に住職（お坊様）の話を聞きに行く人々がほとんどいないのと同じだ。ご先祖のお墓参りに行く人々はいる。それさえもやがて終わっていくだろう。

だからユニテリアンの中には、キリスト教徒でさえなくなった人々がたくさんいる。

そしてラルフ・ウォルドー・エマーソンがまさしくその先駆者なのである。

ユニテリアンとフリーメイソン

エマーソンは、実はフリーメイソンの会員でもある。だから彼はハーヴァード大学内のフリーメイソンのロッジ（会衆所）で演説もしている。フリーメイソンリー（Freemasonry）と呼ばれる秘密結社《ザ・ソサエティ》は、まさしくユニテリアンの集まりである。このことを、私は弟子たちと研究して、『フリーメイソン＝ユニテリアン教会が明治日本を動かした』（成甲書房　2014年刊）という本を出版した。

ヨーロッパのすべての都市の、中心の市庁舎（シティホール）の建物のすぐそばに、必ずフリーメイソン（マツオニック）会館《ホール》がある。フリーメイソンは石《いし》工《く》の職工組合から始まった。建設業者や紡織業、皮革業、豚飼《か》い業者らいろいろの業種の職人たちのそれぞれの集まりの自治的な団体である。

フリーメイソン＝ユニテリアンたちは、新たに出現した、自分たち専門職の職人（アーチザン。クラフトマン。ドイツではマイスター）たちよりもみじめで可哀想《かわいそう》な工場労働者（マニュアル・ワーカー）たちに同情して、自分たちの会館を嫌がらないで使わせた。その集会所で社会主義者（彼らはもう完全に無神論者《エイシニスト》。反《はん》教会）であるカール・マルクスたちが、労働組合（ユニオン）に集まる労働者たちと集会を開いたのだ。

だから社会主義思想《ソウシアリズム》というのは、ユニテリアンから生まれたのである。この大きな理解に私は到達した。こうして初めて、私たち日本人は、ヨーロッパ、アメリカの現代思想の成り立ちを大きく理解出来るのである。

大《だい》音楽家のモーツァルトも大《だい》思想家のデカルトも、近代科学者（モダン・サイエンティスト）の始まりのガリレオもホッブズもニュートンも、ジョン・ロックもモンテスキューも、それから、ロシアのドストエフスキーもトルストイも、みんなユニテリアン（理神論者《ディスト》。神の存在を疑う）なのである。

アメリカ人のエマーソンは、ドイツ人のカール・マルクスと1年違いで死んだ（1882年）。まったくの同時代人である。この2人の大《だい》思想家は、184

0年代から活動を始めている。

だがエマーソンは穏《おだ》やかな生き方に徹して、決して過激な理想主義の運動に向かわない人だ。人々を静かに説得（パースウエイド persuade）した。だから私たちに出来ることは、根気強く穏やかに周りの人たちを説得することだ。

おわりに

この『自分だけを信じて生きる　スピリチュアリズムの元祖エマーソンに学ぶ』を書き終わって、私が思うこと。

それは、やはり、皆さん、ひとりひとりの自分の霊魂《スピリット》との対話を大事にして下さい、ということだ。

私は、この本に書いたとおり、ギリシア彫刻の女神《ゴデス》さまに出会った。この女神さまたちが、私を、毎日、上の方から見ていてくれる、と思うようになった。それで女神さまの霊が毎日降りて来て（降臨《こうりん》）、私に語りかけてくれる。

これで私は仕合《しあわ》せでいられる。自分が本書きの仕事で苦しんでいるときも、ふと見上げると自分の霊魂がいる。

ですから、どうぞ皆さんも、自分の生活を大切にして、自分だけの霊魂を見つけて、話し合うことで今の自分を信じて生きて下さい。いろいろの宗教団体になど入る必要はありません。大切なのは自分です。

この本を書き上げるのに丸2年の歳月がかかった。私なりに相当に考えて苦しんだ。それでもこうして自分が納得のゆく本が出来た。辛抱してつき合って下さった幻冬舎編集部の相馬裕子さんに深く感謝します。有難う。

2023年11月

副島隆彦

副島隆彦
そえじまたかひこ

評論家。副島国家戦略研究所(SNSI)主宰。1953年、福岡市生まれ。早稲田大学法学部卒業。外資系銀行員、予備校講師、常葉学園大学教授等を歴任。政治思想、金融・経済、歴史、社会時事評論など、さまざまな分野で真実を暴く。「日本属国論」とアメリカ政治研究を柱に、日本が採るべき自立の国家戦略を提起、精力的に執筆・講演活動を続けている。

主な著書に、『属国・日本論』(五月書房)、『世界覇権国アメリカを動かす政治家と知識人たち』(講談社+α文庫)、『金儲けの精神をユダヤ思想に学ぶ』(祥伝社新書)、『なぜ女と経営者は占いが好きか』(幻冬舎新書)、『隠された歴史　そもそも仏教とは何ものか？』(PHP研究所)、『金融恐慌が始まるので金は3倍になる』(祥伝社)などがある。

写真詳細／資料協力

p.16　撮影：布川航太

p.20　Old White Country Church Morning／Marcia Straub／getty images

p.49　Emerson Lecturing in Concord／Bettmann／getty images

p.84　株式会社船井本社

p.135　Hippy Protestor／Steve Eason, Hulton Archive／getty images

p.135　Hippies at Festival Of The Flower Children／Rolls press, Popperfoto／getty images

p.145　Vintage illustration of Crew of a Royal navy gun-boat in Canton river at prayers, Second Opium War, 1858, 19th Century／DigitalVision Vectors／getty images

装丁　櫻井浩(6Design)

本文デザイン、図版、DTP　美創

自分だけを信じて生きる
スピリチュアリズムの元祖エマーソンに学ぶ

2024年1月25日　第1刷発行

著　者　副島隆彦
発行人　見城 徹
編集人　福島広司
編集者　相馬裕子

GENTOSHA

発行所　株式会社 幻冬舎
〒151-0051　東京都渋谷区千駄ヶ谷4-9-7
電話　03(5411)6211(編集)
03(5411)6222(営業)
公式HP：https://www.gentosha.co.jp/
印刷・製本所　株式会社 光邦

検印廃止

ISBN978-4-344-04099-1　C0095

この本に関するご意見・ご感想は、
下記アンケートフォームからお寄せください。
https://www.gentosha.co.jp/e/